Théodore AVANTON

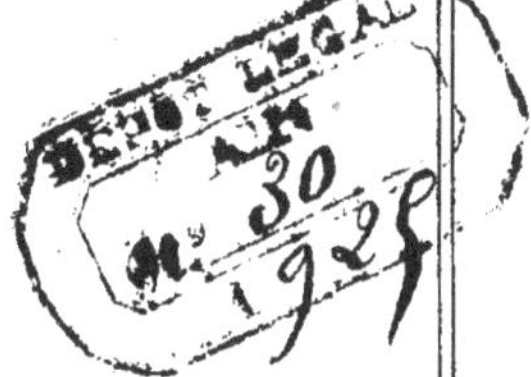

LE Bugey Poétique

BELLEY
IMPRIMERIE AIMÉ CHADUC

1925

A MA COMPAGNE BIEN-AIMÉE.

Le Bugey Poétique

Il n'a été tiré de cet Ouvrage que 200 exemplaires numérotés.

Théodore AVANTON

LE
Bugey Poétique

BELLEY
IMPRIMERIE AIMÉ CHADUC

1925

PRÉFACE

A Monsieur Th. AVANTON

Vous m'avez demandé, mon cher Poëte, d'écrire une préface pour votre volume de vers « *Le Bugey Poétique* ». J'en suis certainement très flatté. Mais votre livre a-t-il besoin de préface ? Ne se présente-t-il pas très bien de lui-même ? Et ne croyez-vous pas que tous les Bugistes qui gardent au cœur l'amour de la petite patrie, les Bugistes friands de fine poésie, voudront posséder dans leur bibliothèque un livre qui porte ce titre prometteur : « *Le Bugey Poétique* » ? N'en doutez pas ! Et quand ils en auront savouré les premières pages, ils ne pourront moins faire que d'aller jusqu'au bout.

Vous avez dédié votre livre à « votre compagne bien aimée ». Cela lui était dû. Ne fut-elle pas, en effet, votre muse, votre inspiratrice, cette « Jane aux yeux noirs » dont vous parlez souvent avec une si fervente tendresse ? Cette femme charmante, enfant, comme vous, de ce joli pays d'Ambléon, blotti « *au flanc du haut Tantaine aux trois sources d'argent.* »

Et, délicatement, pieusement, vous chantez l'idylle de votre jeunesse, avec ses alternatives de doute et d'espoir, de tristesse et de joie, lot de tous les amoureux.

Après cet hommage rendu à l'élue de votre cœur, vous décrivez en vers bien frappés, en strophes aux images pittoresques, nos paysages bugistes :

Nos montagnes d'abord :

La trirème à l'abri du port après l'épreuve,
Dont le pavillon flotte au Colombier changeant,
Et qui courbe, au midi, la vague du grand fleuve
Sous sa proue effilée à l'éperon d'argent.

Le Gland, ruisseau aux fraîches ondes,

Tantôt fougueux et lourd, il flagelle l'érable.

Et puis,

Il atteint la prairie. Alors, c'est le repos :
Nonchalant, il serpente au travers des vieux saules,

Le Lac d'*Ambléon,*

Qu'il est bleu ! qu'il est calme ! — et frissonnant parfois !
Tout le ciel s'y réflète, et l'arête des bois
L'enferme en ses gradins moutonnants sous la brise.

Maintenant, vous évoquez nos légendes, vous rappelez les vieilles coutumes, les traditions qui nous sont chères. — (Entre parenthèses, si quelques-unes sont un peu tombées en désuétude, il en est d'autres qui ont l'âme chevillée dans le corps et ne sont pas près de disparaître.)

Voici « *la Vogue* » où

Tout cotillon devient cordon-bleu.

« *L'Hymen Bugiste* » vous n'oubliez rien !

Pas même « *Le Tracassin* », et encore « *La Molliandre* », cette plaisanterie et ce mets de haut goût, toujours appréciés des bonnes gens de chez nous.

« *On naïlle* », une des plus jolies pièces du recueil.

On dit la romance à la mode ;
Les noyaux tombent dans un van ;
On fait revivre le Sarvan,
Plus fabuleux que roi Hérode.

Enfin, vous souvenant que vous êtes du pays de Brillat-Savarin, de celui qui a dit qu'un dîner sans fromage est une belle à laquelle il manque un œil, vous avez composé (et vous y avez joliment réussi) ce que j'appellerai « *La Symphonie des Fromages Bugistes* ». Aucun n'y manque :

D'abord « *La Tracle* » qui

Seule, dans sa course
Peut arrêter le Juif-Errant.

Ensuite « *Le Ramequin* » où l'on voit

Des fils qui vont de bouche en bouche,
De lèvre ardente à lèvre en feu.

Et pour terminer, le bouquet !

« *La Tomme Revenue ! !* »

Non, rien ne vaut ta blonde et ferme chair :
Brie ou Cantal, Chester qu'on porte aux nues !
Sont loin de toi, ô tomme revenue,
Régal divin d'un pays toujours cher.

C'est aussi mon avis.

Sur ce, bon succès et bien cordialement à vous.

LUCIEN LOURDEL.

Virieu-le-Grand, le 9 Avril 1925.

INVOCATION

Muse, ô Muse, ô Déesse, Inspiratrice, ô Mère !
Eternelle ! Immortelle ! O chaste et blonde Hébé !
Sœur de Zarathoustra, de Jésus et d'Homère,
Amazone de feu du grand Cheval ailé !

Sans toi, le marbre et l'or n'ont qu'un souffle éphémère ;
L'oubli se fait linceul de l'airain constellé ;
Et le Vers le plus pur, enfant de la Chimère,
Meurt sans avoir le sort de la divine Hellé !

12

O Sirène ! Apprends-moi le secret des dactyles
Qui chantent sous les cieux la splendeur des idylles
Et du Rêve et des pleurs coulant de toutes parts !

Donne-moi la clarté, l'harmonie et la force !
Et je te bénirai, nymphe aux cheveux épars,
Vierge au sein bondissant sous la chlamyde torse !

13

ANNIVERSAIRE

Pour les vingt ans de ma fiancée.

Je suis parti trop tôt, puisque trop tôt j'arrive :
De nouveau, c'est l'exil loin de toi que j'aimais.
N'est-ce pas un adieu que murmure à sa rive
Le flot brodé d'argent qui ne revient jamais ?

Oh ! ne dirait-on pas que la pente invisible
Qui, jour et nuit l'emporte, en courant, vers son sort,
L'épouvante : il veut fuir pour éviter sa cible ;
Un remous écumeux le guide jusqu'au bord.

Il garde le soleil reflété par ses eaux
Et croit vivre un instant ; l'herbe folle et la mousse,
Et le frémissement paresseux des roseaux
En vain, l'inviteront : un autre flot le pousse.

C'est en vain qu'un regret sur ses pas le ramène !
En vain la fleur exhale : ô passant, reste ici !
Il a cru s'arrêter ; mais le destin l'entraîne
Posant sur l'onde claire un pétale, un souci.

Puis il va, retrouvant sa gaîté d'aventure,
Interrogeant le ciel, l'oiseau de son doux bruit.
Il a toute la plaine et toute la nature ;
Tout un monde azuré fait l'éclat de sa nuit.

Ainsi notre moment qui s'évade à toute heure !
Rêver n'est qu'un éclair ; le bonheur n'a qu'un jour.
L'homme ne peut qu'un jour entrevoir sa demeure.
Il n'a qu'un seul rayon et qui meurt : c'est l'amour.

Je t'aime, et mon bonheur chastement se déplie :
Hors toi, rien ne m'est cher, hors toi, rien ne me prend.
Ni les plaisirs si faux qu'on touche et qu'on oublie,
Ni la gloire qui tue en son souffle enivrant.

Je t'aime, et mon exil s'adoucit à ton âme.
L'ombre du désespoir s'efface de mes yeux.
Tout m'apparait transfiguré, rien n'est infâme,
Puisqu'un ange est penché sur mes réveils joyeux.

15

Je t'aime, et ne crois pas qu'on doive être insensible
A tout ce qu'on sait mal d'un tel secret profond :
Vivre ! Je suis aimé : c'est assez d'impossible
Ainsi réalisé ; Dieu parle et me répond.

Je t'aime, et ce bonheur suffit à ma détresse.
Mon âme est éclairée et ne demande rien.
Qu'importe l'au-delà puisque j'ai ta tendresse ;
C'est assez d'un seul jour : je t'aime et tout est bien.

16

A LA VEILLÉE

J'ai songé, car je suis méchant, parfois stupide,
Que rester là, longtemps, immobile, à te voir,
Sachant que la fleur frôle à son déclin rapide,
Sans pouvoir dire : « aimée ! » est un chagrin trop noir.
Qu'il valait mieux rester, seul, avec quelque livre
Que je ne lirais pas. — Mais si, je lis très peu,
Depuis que mon roman m'enchaîne à le poursuivre
Et depuis que ta vie azure mon ciel bleu.
J'ai songé que c'était un supplice impossible
Quand il fallait partir sans dire un mot plus doux.
Ne reste pas ainsi : tu parais insensible ;
Et j'aime tant t'aimer, courbé sur tes genoux !
Un regret trop amer de notre solitude
Envahit ma pensée et me fait trop souffrir.

Il faut que nous montions, ravis, vers l'altitude ;
Il me faut sur la lèvre un mot grave à t'offrir ;
Il faut qu'un vague espoir s'arrête sur ma bouche ;
Il me faut tes doigts blancs et fiévreux dans mes doigts ;
Je te veux toute à moi ; mon bonheur est farouche !
Pourquoi ces yeux baissés ? Je te veux... tu te dois...
On a quelque entretien déguisant la pensée ;
On raconte, on sourit, on écoute un bon mot.
Toi, tu couds sans me voir : es-tu ma fiancée ?
Je ris parfois, hélas ! étouffant un sanglot.
Le temps furtif, s'écoule en égarant les heures,
Et nous n'exprimons pas l'amour que nous pensons.
Des minutes s'en vont que je voudrais meilleures :
Oh ! la grandeur d'aimer a de lourdes rançons !
...Donc, j'ai voulu rester, pour moins souffrir peut-être,
J'ai cru que j'écrirais plus libre et plus joyeux,
Et je pleure à présent, penché sur ma fenêtre,
Et je suis bien puni de n'avoir plus tes yeux.

REPROCHE

Pourquoi n'avez-vous pas écrit, ma fiancée ?
Un mot m'eût été doux : savoir votre pensée
Et vous savoir heureuse est ma tâche ici-bas.
Vous êtes le seul but que cherchent tous mes pas.
Tout par vous, rien sans vous : devise qui déroute !
Vous le savez pourtant ; fée, un mot chasse un doute ;
Et j'eusse été content, moi qui souris si peu
Depuis que cet exil assombrit mon ciel bleu.
Pourquoi ne m'avez-vous pas écrit ? Je me venge
De votre oubli par mon respect. Et c'est étrange
Que je vous parle ainsi, mais je suis exigeant.
Je suis boudeur ; je suis fâché ; je suis méchant.

19

J'ai, de tous les défauts, le plus noir : susceptible !
Au risque de troubler votre amitié paisible,
Je vous dis tout cela. Un mot m'eût été doux ;
Je n'ai qu'un bien, qu'un chant et qu'un espoir : c'est vous !
Je vais parfois, songeur, attentif aux merveilles
Des constellations, fulgurantes abeilles
De la nuit. Je regarde et trouve autour de moi
Les raisons de la vie. Oh ! vivre est une loi
Qui sort de l'univers en paroles profondes :
Fleur, brin d'herbe, épi d'or, infinité des mondes
Qui sont partout, toujours, la vaste éternité.
Je songe et mes projets ne sont que vanité.
Et qu'orgueil impuissant : je crois voir et j'ignore.
Je veux lever le front : je me courbe et j'implore.
Mais il est un bonheur, dont le ciel est témoin :
C'est toi, mon cher amour ! Mon reproche est bien loin :
Un mot venu de toi, c'est un peu de toi-même ;
J'ai trop répété vous ; c'est mal : Jane, je t'aime !

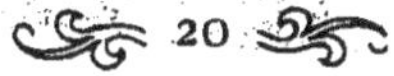

AIMER

Oh ! mon Dieu ! C'est ta loi : tout aimer, tout comprendre !
Aimer le ciel sans fin, l'astre créé par toi,
La nature inquiétante où l'homme vient apprendre !
Tout aimer, tout comprendre : oh ! mon Dieu ! c'est ta loi !

Aimer l'oiseau qui passe, aimer l'insecte ailé
Dont l'élytre est d'azur sur la corolle blanche !
Aimer l'éclat du jour, l'espace constellé,
Aimer tout ce qui souffre, aimer tout ce qui penche !

Aimer la fleur cueillie en passant sur la route,
Le val silencieux où vient dormir la nuit.
Aimer tout ce qui rit sous la céleste voûte ;
Aimer tout ce qui chante, aimer tout ce qui luit !

Aimer surtout la vie et ceux qui veulent vivre.
Le mal, peut-être, existe ; il n'est pas souverain.
Etre bon, malgré tout, telle est la voie à suivre ;
A travers les méchants, marcher d'un front serein.

J'ai voulu tout aimer ; j'ai voulu tout comprendre.
J'ai cherché le vrai sens de la divine loi.
De tout problème, en vain, j'ai désiré m'éprendre :
Jane aux yeux noirs, je n'aime et ne comprends que toi.

NOUS CAUSIONS

Nous causions, tous deux, seuls — solitude complète —
Où rien n'existe plus, éternel tête à tête
Qui va du cœur à l'âme et de l'âme au baiser.
Où la soif du bonheur ne saurait s'apaiser ;
Où les mots murmurés font éclore un sourire
Sur la lèvre adorée ; où tout ce qu'on admire
Est partagé : le ciel, le livre, l'horizon,
La dentelle, l'auteur, l'œuvre d'art ; la maison
Qu'on voudrait habiter. On rêve, on est sans crainte
Car les bras enlacés resserrent leur étreinte.
On construit l'avenir ; on s'interrompt parfois
Pour contempler sans fin les yeux brillants, les doigts

Qu'on connait bien pourtant. Puis, c'est l'ardeur pareille
Des mots si souvent dits, si charmeurs à l'oreille.
Et l'on mêle à la fois rêves, baisers, projets ;
Et l'on effleure ensemble un peu tous les sujets.
L'on s'anime et l'on rit et l'on parle à voix basse.
Un front, c'est l'infini ; ce ruban, c'est la grâce.
Et la chair étonnée, en un frisson divin,
Désire, et l'âme veut qu'elle désire en vain.
Nous causions ; tes yeux noirs lisaient dans ma pensée :
Oui, mon âme était là. Je disais : « Fiancée !
Je t'aime immensément ; ma vie a donc un but !
Mon Dieu ! notre bonheur, c'est l'aube à son début !
Je crois au mot toujours ! » Blottie à mon épaule,
Tu m'écoutais, ravie. Oh ! c'est si doux mon rôle
D'amour et de défense... Et sur tes sombres yeux,
Ma lèvre recueillait comme un rayon des cieux.

OPTIMISME

On est trop pessimiste ; on maudit trop la vie ;
On est trop convaincu qu'elle est un point d'honneur.
On se retourne trop sur la route suivie
Pour voir le mal souffert et voiler le bonheur
Dont l'âme fut ravie.

On méconnait l'éclat des heures les plus pures,
Parce qu'on est sceptique et froid, qu'on dit : « c'est vain ! »
On est blasé, moqueur, et des forces obscures
Font nier la beauté, l'amour, l'ordre divin,
Et se plaire aux souillures.

On raille avec orgueil ; on marche avec son temps.
Rien n'est sûr : idéal, bonté, délicatesse,
Tout cela, c'est trop vieux. L'on ouvre à deux battants
Le seuil de l'existence, et l'on court, ô tristesse !
Et l'on n'a que vingt ans !

Je les plains. Notre amour est un monde inconnu
Qui confond ma pensée et qui touche à Dieu même.
Quelques jours sans te voir : je me suis souvenu
Que le bonheur de croire à l'éternel : Je t'aime !
Je l'avais obtenu.

Quelques jours sans te voir ! Etre exilé dans l'ombre !
Ne plus être ébloui du sourire adoré !
Et quand le ciel s'éclaire à ses soleils sans nombre,
Dont la raison s'effare en pesant l'ignoré,
Trouver l'univers sombre !

Quelques jours sans te voir ! Déjà songer : jamais !
Quand l'instant non vécu, vide et noir s'éternise !
J'ai cru, Jane aux yeux noirs, qu'arrivé je dirais
Tout mon lourd désespoir de l'exil, et, surprise,
J'ai dit que je t'aimais.

27

PRINTEMPS

C'est un matin d'avril changeant...
Voici l'aurore, enfin vermeille !
L'aubépine, en robe d'argent,
Au bord du chemin vert, s'éveille.

Se penchant vers la violette,
Elle pérore alors tout bas :
Est-il sujet de l'alouette,
Qu'au ciel, perdue, on ne voit pas ?

Le cerisier, dans le jardin,
Fleuri, raconte quelque chose
Au pêcher, complaisant voisin,
Qui devient, par degrés, tout rose.

Dans la haie à demi-vêtue,
Les oiseaux font des contes fous.
Les hirondelles revenues,
Ont de célestes rendez-vous.

Les merles vifs, dans le hallier,
Exécutent leur symphonie :
On dirait un orchestre entier
En habit de cérémonie.

La pâquerette, au buis, murmure
De profonds serments inconnus.
Et par la prudente blessure,
La sève perle aux rameaux nus.

Le pommier, chastement voilé
Et gai comme la poésie
Porte son blason étoilé
Plus parfumé que l'ambroisie.

Tous les taillis sont lourds d'arômes,
Tous les buissons portent des nids.
Les peupliers semblent des dômes
Décorés de chatons brunis.

Tout vit, palpite, aime et grandit.
Là, des bourgeons brillants et frêles !
Le tronc se perd. Le blé verdit :
Les fauvettes parlent entre elles.

L'onde discourt dans les fontaines
Tout a un sens ; l'amour s'étend ;
Le lierre aux murs, la mousse aux chênes
Disent des mots que l'âme entend.

O merveille ! ô douceur, bonté !
Frissons des eaux, frissons des ailes !
Rayons de l'astre, aux cieux monté,
Réveil des choses éternelles !

Prestigieux metteur en scène,
Printemps doré parant tout lieu !
O renaissance souveraine,
Pic du Chat blanc ! Colombier bleu !

Le moindre atôme apprend son rôle
Dans l'univers jeune et vainqueur :
C'est la Première et la Parole
De l'Œuvre ayant Dieu pour auteur !

LE VIGNERON

Hélas ! j'ai vu s'enfuir Septembre aux mains vermeilles,
Le doux mois mûrissant le dernier de l'été !
Il portait dans ses mains de suaves corbeilles
Et détournait les yeux vers son trône enchanté.

Car son trône était beau : Sur les tertres sans nombre,
Partout, sur les hauteurs, sur la pente des monts,
Au flanc des vieux vallons plus tôt gravis par l'ombre,
Sur les coteaux pierreux, aux lieux que nous aimons,

La Vigne en manteau d'or rayonnait dans sa gloire !
Oh ! quel roi chamarré d'un conte éblouissant,
Quelle fée habitant un palais tout d'ivoire,
Aura plus de joyaux sur son front rougissant ?

L'or, le jais, le rubis, la pourpre et l'améthyste
Brillaient d'un pur éclat sur tous les pampres lourds.
Les grains, perles sans prix, dans leur tendre batiste
Veinée et transparente, évoquaient le velours...

C'est alors que j'ai vu dans ce cher horizon,
Où tout m'est familier, où tout parle à mon âme.
Où tout est souvenir, noir ou rose, ombre et flamme,
C'est alors que j'ai vu passer le vigneron.

Il allait, lentement, pensif, parmi les treilles,
Leur parlant tour à tour, dans son cœur attendri.
Devant un cep croulant, sa gorge étouffe un cri ;
Il songe aux ans bénis, fiers de grappes pareilles.

Puis son œil devient dur. Pourquoi ce poing mauvais ?
L'ennemi de l'été, combattu sans relâche
A laissé là sa trace... Eh bien ! c'est peu ! Ta tâche
N'a pas moins triomphé ! Tu peux passer en paix !

Et rassuré dès lors, il contemple sa vigne,
Son œuvre, son orgueil, son pain même et son sang.
Il est étreint soudain d'un sentiment puissant,
Et de ses yeux levés, il cherche au ciel un signe :

La grêle peut venir ! Le temps peut tout gâter !
Non : le soleil est tiède et c'est toujours son heure ;
Les raisins mûriront... Songeur, vers sa demeure,
J'ai vu le vigneron, qui chantait, se hâter.

LA PREMIÈRE VIOLETTE

C'est un talus penché vers les rares rayons
Que l'hiver nous donna. Un haut mur le protège
Contre l'autan. Il rit, quand l'âpre bise assiège
Au loin les bois courbés, les champs nus, les vallons.

Elle était là, blottie, en un gazon de mousse,
Je la pris, mais mon geste eut la dévotion
Qu'on doit à tout destin que fait la création :
A l'aile, au ciel, au flot, au brin d'herbe qui pousse,

A l'amour d'une femme ; à l'amour maternel
Dont la source est divine et jamais ne s'oublie,
A tout ce qui sourit, qui passe et multiplie
La Beauté, la Bonté, dans ce monde immortel.

Je la pris et baisai longuement sa corolle :
O fleur de mon Bugey, la plus belle à mes yeux !
J'ignore si tes sœurs ont des soirs radieux !
Je ne connais que toi, frêle et profond symbole.

Que m'importe l'éclat des sites tant vantés,
Tu fleuris les prés verts de l'étroite vallée,
Les coteaux vignerons où la vie, exilée,
Ramènera demain les pampres des étés.

De joyeux chants viendront, précédant la lumière.
Mais toi, tu viens avant, Violette au doux parfum,
Tu nous dis que l'hiver sera bientôt défunt :
Je t'aime, ô fleur d'amour, pour être la première.

LA DENT DU CHAT

La Dent du Chat s'éclaire aux aubes triomphales ;
A peine si la neige, argentant ses sommets,
Rappelle à nos regards, les récentes rafales !
Puisse le sombre hiver, s'enfuir à tout jamais !

Soleil, astre espéré, reprends ton chemin bleu.
Prodigue à nos séjours la lumière et la vie.
Centuple les clartés de ton orbe de feu.
Répands à flots dorés ta puissance infinie.

L'univers t'attendait pour chanter à nouveau,
Sans toi, rien n'est vivant sous les brumes moroses.
Tu nais : c'est la colombe apportant son rameau.
Tu viens : c'est la splendeur des fleurs blanches et roses.

O roi ! Tout t'appartient : la frêle digitée
Du marronnier tordu par les ans très nombreux,
Palpite en s'entr'ouvrant comme une aile agitée ;
La plaine est un Eden ; les taillis sont heureux.

Les bruits, les chants, les nids ! Un nid, berceau fragile,
Et l'amour maternel qu'on ne peut épuiser !
Le vallon jeune et clair, apparaît, immobile,
Frissonnant jusqu'à toi, de ton royal baiser.

Vivre veut la douceur : aurore et vérité
Sinon tout est mauvais ; la bonté, c'est la flamme.
Oh ! laissez le soleil chasser l'obscurité !
Oh ! laissez la douceur ensoleiller votre âme !

QUI VIENT ?

Le soir tombe. On dirait que le ciel s'illumine
Au sortir de l'hiver. L'étoile du berger
Transparait sous un voile impalpable et léger.
Et sur les monts très vieux, l'azur devient hermine.

L'herbe tremble. Un frisson monte au flanc des collines.
La terre est attentive aux pas d'un étranger ;
La source ose un sourire ; la fleur rit du danger ;
Qui met au couchant clair ces teintes opalines ?

Pourquoi ces sons nouveaux ? cette haleine embaumée ?
Le Gland, change en rumeur sa plainte accoutumée.
Le rocher d'Innimont, s'anime au firmament.

Et pourtant, la nature est encore insensible !
Non : L'immobilité, sous un souffle invisible,
N'est plus le lourd sommeil, mais le recueillement.

40

ACCABLEMENT

Je suis indifférent à tout, même à la nue
Où l'Occident s'allume en long ruban joyeux,
Même à cette clarté fugitive inconnue,
Couronne d'horizon ou piédestal des cieux.
Je suis indifférent à la douceur profonde
Que fait la première ombre et que l'étoile suit,
Au dernier reflet d'or qui s'efface avec l'onde,
Au murmure de paix qui nait avec la nuit.
Je suis indifférent même à l'oiseau qui jette
Un appel modulé pour son ami d'amour.
Non, ce soir rien ne peut rire à mon âme inquiète.
Je suis indifférent même à la fin du jour.
Ce jour évanoui je n'ai pas pu le vivre
Puisqu'il n'était pas fait du rêve accoutumé.
Je suis indifférent à tout, même à mon livre,

Même à mon idéal, même au parc parfumé.
Je suis indifférent, replié sur moi-même,
Sourd aux mots d'amitié, pour subir mon chagrin.
Je viens donc m'isoler en songeant que je t'aime,
Que je suis exilé, que le ciel est serein !
Si la raison d'exil est sublime, opportune,
Si le devoir est beau, s'il est même étoilé
Autant qu'il est permis quand l'erreur est commune,
Je maudis l'âpre loi qui m'a fait l'Exilé !

ANGOISSE

O Toi, qui sans faiblir sous la menace infâme
Planant sur notre amour que sa candeur défend ;
Toi qui viens d'affirmer dans un cri : « Je suis femme ! »
Et qui n'es qu'une enfant !

Toi qui venais vers moi, chastement éblouie,
Ayant le pur bonheur de croire au fiancé !
Et qui vivais sans fin la page épanouie
Du roman commencé !

Toi qui viens d'entrevoir en pleurant, la détresse
De jours qui seraient faits d'autre ciel, d'autres fleurs,
De jours qui passeraient créant une autre ivresse
Mêlée aux mêmes pleurs !

Toi qui, sereine et gaie, ignorant la tourmente
Souriais au destin en priant chaque soir,
Et remerciais Dieu de mettre en ton attente
Tant d'ineffable espoir !

Toi que vient d'effleurer l'angoisse au pâle voile ;
Qui, calme et sans regret, n'as pas même hésité.
Toi qui n'as pas voulu que tombât notre étoile
Au vent d'adversité !

Laisse-moi te bénir. Je sors d'un songe étrange.
Je souffrais tant, ô Dieu, de ne pouvoir pleurer.
Et j'ai maudit le cœur qui m'avait pris : Mon ange,
Laisse-moi t'adorer.

J'ai trop souffert, vois-tu ! Dans sa flamme irréelle,
Trop d'aube envahissait tout mon être étonné.
Quand on m'avait permis d'être à toi, douce et belle,
On m'avait trop donné !

Vivre avec ton amour ! Vivre avec ton sourire !
Sentir avec élan mon sort au tien lié !
Quand ta lèvre eut scellé le ravissant délire
Oh ! tout fut oublié !

Tout : chagrins, pauvreté ; la nuance saisie
Dans un couchant de feu ; ma foi dans la bonté.
Je fus poète aimant : tu fus ma poésie,
Tu fus ma volonté !

Tu fus le seul autel de ma ferveur profonde,
Et dans le cercle étroit de toujours à jamais,
Ma raison s'effondrait : j'envisageais le monde
Sans ses côtés mauvais !

Je ne me disais plus que c'était trop d'audace,
Que les lois d'ici-bas n'écoutent pas le cœur.
Que, tendre, à tes genoux, ce n'était pas ma place,
Que j'étais un voleur !

45

Et l'indicible eut lieu : l'envolée amoureuse
Vers les séjours du rêve : un mot, des doigts croisés,
Des adieux qui sourient ; des pleurs de peine heureuse,
Des regards, des baisers ;

Tout le peu de divin qui s'exprime en parole,
Toute la volupté que borne le désir,
Tout ce qui tombe en nous de la plus humble obole
Que l'âme croit saisir.

Oh ! que nous nous aimons : un jour, je dis : maîtresse !
Tu fus épouvantée et me tendis tes bras.
Mais ce mot, sur ma lèvre, était une caresse :
Oh ! tu te souviendras !

Quel réveil dans la nuit : je suis sous l'anathème
Des tiens que je vénère et qui nous ont unis.
Pourtant, je suis ton bien ; pourtant, nos longs : je t'aime !
Dieu les avait bénis.

Ainsi tout sombrerait de nos instants splendides !
Le prélude adoré briserait ses accords !
Nous vivons hors du temps : des intérêts stupides
Piétineraient nos corps !

L'extase que j'attends s'écroulerait dans l'ombre,
Et je ne verrais pas, perdu dans tes grands yeux,
Sur ton sein demi-nu, glisser le manteau sombre
Et doux de tes cheveux !...

Oh ! non : j'ai bien souffert, mais je peux croire encore
Puisque ton cœur pour moi ne veut pas se fermer,
Puisque je te prendrai, ô vierge que j'adore,
Puisque tu veux m'aimer.

47

31 AOUT 1912

Tu régnais sur mon âme : entre dans ma maison
Et règne sur ma vie à ta vie enchaînée.
Que les dieux du foyer fêtent la destinée
Qui fit ton jeune amour vainqueur de la raison.

LA LÉGENDE DE LA DAME-BLANCHE

(CHATEAU DE CHATILLONNET — SAINT-BOYS)

Sur la colline, à l'angle nord,
Tourné vers l'ombre et vers la mort,
Penche un beffroi.
C'est en tremblant qu'on se hasarde
Dans ces vieux murs, dont la lézarde
Branle au vent froid.

Il n'a plus qu'un pan qui s'écroule.
Dans son fossé, le pied ne foule
Que des airelles.
Remparts, créneaux, tout disparait.
On voit de loin, sur la forêt
Deux tours jumelles.

Ah ! voici l'albalétrier,
Qui veille au loin, puis l'étrier
Que tient un page...
Je suis entré sous la poterne :
J'ai vu des os dans le jour terne,
Dieu ! quelle image !

....

Le comte est vieux, d'humeur farouche ;
Un coup de dague unit sa bouche
A son sourcil !
Sa jeune épouse a nom Bertha ;
Elle a grand air ; le comte en a
Un grand souci.

Il sait qu'elle aime un franc archer ;
Et le soir, il entend marcher
Vers la chapelle...
C'est pour sûr, le beau capitaine !
Mort-Dieu ! sous sa cape en mitaine
Bertha l'appelle !

Ah ! par le diable ! On le bafoue !
Il mettra dans vingt pieds de boue
Les deux amants !
Puis il sourit : non, rien qu'un seul !
Pour toi l'archer, l'affreux linceul
Des morts-vivants...

Ils étaient là, beaux, radieux ;
— Aimez-vous bien, le comte est vieux !
Le comte épie !
Aimez-vous bien sous le grand chêne,
Roal, Bertha, l'heure est prochaine !
L'heure est impie ! —

Oh ! bonheur, s'aimer sans alarmes !
Soudain, grands Dieux ! dix hommes d'armes,
Sans cris, sans bruit,
Jettent Roal dans l'oubliette ;
Bertha se meurt. Justice est faite,
Il est minuit !

Mais la folle, au regard terrible,
Tient dans sa main le glaive horrible
De la vengeance.
Puis dans les eaux du fossé noir,
Spectre effrayant du désespoir,
Hurlant, s'élance....

Sur la colline, à l'angle nord,
Du pont-levis du donjon mort,
Quant minuit tinte,
Un blanc fantôme au *Gland* descend...
Pitié, mon Dieu ! dit le passant,
Pour l'âme éteinte.

INSCRIPTION A PIERRE-CHATEL

ALIAS-OBLITUS-SPERA-BONAM

Je suis triste et rêveur. C'est le déclin du jour.
Le soleil disparaît. Mon horizon s'arrête
Au toit noirci du temps qui borde la grand'cour,
Et dont la flèche aigüe est penchée sur le faîte.
Cette flèche inclinée est une croix du vent.
La cour, partout fermée, est la plus grande enceinte
D'un fort démantelé, bâti sur un couvent.
Tout n'est pas effacé de la demeure sainte :
Au seuil d'un long couloir, un portique ogival...
Dans un cadre de pierre, une phrase latine
Profondément gravée, a dit : « Votre rival,
C'est le désœuvrement ; travaillez, loi divine.
Soyez simple et meilleur, vous serez honoré. »
Les murs ont l'épaisseur angoissante du cloître...
Le crépuscule en feu revêt le toit doré
Frappé d'une lueur que la nuit fait décroître.
C'est le déclin du jour. Je suis triste et rêveur.
Mars emporte avec lui les nuits d'incertitude.

Par delà les donjons, j'écoute une rumeur
S'élever, voix des vents, jusqu'à mon altitude.
L'air est très doux. Au mur nord, sur un blanc fronton,
Dont le « Restituto » dit l'âge séculaire,
Un index est penché. C'est un chartreux, dit-on,
Qui traça le dessin du vieux cadran solaire.
Oh ! que de fois l'aiguille, inquiétant doigt de fer,
Sur le trait d'équinoxe a vu grandir son ombre.
Que de fleurs, que de joie et d'amour, temps amer,
Emportés dans ta course inexorable et sombre ! —
L'exergue est un grand cri de fatalisme odieux,
Impuissant et cruel : « Omets toutes les autres,
N'espère qu'en la bonne ! » Oublier quoi , grands Dieux !
Ces heures du destin qui pourtant sont les nôtres !
Marcher, les yeux fixés, vers la fin, vers la mort,
Dans un aveuglement voulu, dont l'âme est ivre !
S'enfermer dans la nuit pour arriver au port !
Ne pas aimer, ne pas sourire et ne pas vivre !
Dieu fait la vie et l'homme et veut leur harmonie.
Sa loi n'est pas l'oubli. Rien n'est vain dans sa loi.
Si notre front s'incline et comprend son génie
C'est qu'il fait de la vie un pur acte de foi !
Ah ! s'il faut oublier, c'est le mal monstrueux.
Vibrez, chantez, cueillez les couchants, les aurores,
Que votre cœur s'exhale en bonds impétueux

Comme un concert ailé dans les forêts sonores,
Le mal vous heurte et rit : ne vous raidissez pas !
Détournez-vous sans fiel, cherchez le bien céleste,
Une voix de clarté vous répondra tout bas :
« Qu'importent les méchants ! » Qu'importe tout le reste !
Aimez la vie. Aimez-la désespérément.
Ne maudissez jamais. La haine aux ailes noires
Vous prendrait dans son vol qui rampe obscurément.
Soyez jeunes et bons. Criez : « combats, victoires ! »
Qu'un mot soit votre guide et que ce soit : demain !
Ayez l'étoile au front qui brille et dit : Sois juste !
Ayez un noble but malgré l'étroit chemin.
Parfois pourtant, pleurez : la douleur est auguste...
La nuit venait. La croix du toit s'auréola
Des rayons qui mouraient, grave flamme éphémère.
Puis, diamant dans le ciel, un astre étincela,
Splendide, et tout disait à l'âme : — Oublie — Espère. —

LES FAUCHEURS

Tête nue et bras nus, la chemise entr'ouverte
Sur un torse bruni qui se penche en avant,
Cinq faucheurs alignés, au pré de Combe-Verte,
Sont, prêts d'être aux trois quarts, joints du soleil levant.
« Hé ! tiens ! bonjour l'ami ! dit une voix narquoise,
Tu fais le paresseux, ce matin ! ô soleil !
Chante moins haut, Jean-Louis, va, sûr que la bourgeoise
Devra nous apporter un pot de ton « vermeil »
Pour nous donner du muscle et « talonner » la haie !
— Bah ! le plus gros est fait, dit un autre ; Un velours
A couper, ni plus ni moins ! Et vers la saulaie,
Au fond, on eût pu voir grandir les andains lourds
Et la rosée tomber, perle à perle, des herbes.
Et les derniers pistils, mêlés aux brins dorés
Se coucher sous l'effort des athlètes superbes.
Oh ! l'odorant trépas, sous ce ciel adoré !
Ils revinrent, contents, portant les faulx brillantes,
Car la pente est trop rude et là-haut, presque en rond,
Essuyant d'un revers, les lames frémissantes,

Ils affilèrent bien, d'un geste large et prompt,
Et reprirent l'andain... Et tous, calmes, tranquilles,
Du même effort rythmé, puissant, harmonieux,
Ramenant et jetant les cinq tranchants agiles,
Jarrets d'aplomb, les reins cambrés, suivant des yeux
Le va-et-vient mortel, ensemble, ils descendirent.

II

La Faucheuse

C'est fait. Le sacrifice agreste est consommé.
Le vaste champ sur qui, tant d'aubes s'étendirent,
Livre au feu des rayons son trésor embaumé.
Les faucheurs sont assis, à l'ombre, près des saules,
Non loin d'eux, leurs outils. Ils déjeûnent, joyeux,
Et buvant, leurs gilets jetés sur leurs épaules.
Un tonnelet ventru, passe aux doigts musculeux.
A l'autre bout du pré, l'escadron des faneuses
Aux vêtements légers, arrive avec des cris.
Le manteau vert s'épand. Les faces lumineuses
Des gars, ont rayonné. « Ah ! ah ! Paul est surpris
De voir certain minois, là-bas ! — Qui ? Laure ou Rose ?
Répond Paul. — Oui, petit, c'est ça, fais l'ignorant,
On a dit à Claire de venir ! Je suppose
Qu'on eut tort. — Ah ! mais non : j'y suis indifférent —

— Entendu, bois un coup, pour cacher ta pensée —
L'on rit, sans fiel. Mais Paul serait bientôt fâché ;
— Allons, dit le plus vieux : Qu'on ait pour fiancée
La belle en question, vraiment, le beau péché
De la défendre ainsi ! Passez-moi la bouteille !
Il but, claqua la langue et dit : « Ça fait du bien ! »
Puis, soudain, se tournant et se grattant l'oreille :
Il regarda, pensif, et n'ajouta plus rien ;
Or, dans le pré voisin, régulier, plat, immense,
Une faucheuse, en cercle, avait pris son essor
Et son bruit métallique et sa vive cadence
Disaient sa résistance et son ardent effort.

III

Un Souvenir

Alors le vieux faucheur, avec mélancolie
— C'était mon père — dit : Voilà tantôt dix ans
Que ce rival surgit ! — Un peu de jalousie
Faisait âpre sa voix — Ses succès éclatants
Nous ont détrônés, nous, les vieux, mais je l'atteste,
C'est le fier destructeur, non le vainqueur royal.
Il tue : et nous luttions. Ah ! oui, quand j'étais leste,
Je n'en craignais aucun à ce combat loyal.
Il me souvient qu'un jour, — si j'ai bonne mémoire —

C'est un lundi ; j'avais à peine vingt printemps ;
Un pré de là-haut, vit ma première victoire.
Il montrait la montagne. Et l'herbe est dure, enfants.
Nous avions, le dimanche, avec des camarades
Veillé fort tard. Pour sûr, nous n'avions pas dormi.
Nous partîmes à l'aube, après quelques rasades,
Les fronts lourds, entr'ouvrant nos yeux, juste à demi.
Un lazzi salua cette arrivée ombreuse :
Les garçons du hameau voisin prenaient le vent.
L'un d'eux surtout — un bon faucheur — Jean-la-Meuse
M'excita franchement. Je pris l'andain suivant.
Ah ! ce fut un beau duel : Il pressait ses foulées
Mais j'étais toujours là ; il aiguisait, moi, pas.
J'attendais, voilà tout. On rit ; nos deux allées
Allaient, allaient toujours et j'étais sur ses pas.
Bientôt la voix du maître, aigre, se fit entendre :
« Avanton, va devant, tu perds ton temps, garçon ! »
J'obéis, et bientôt, têtu, sans rien attendre,
Je revins talonner le railleur, sans façon.
Ah ! oui : c'étaient de vrais triomphes que les nôtres.
Le patron me donnait cinq sous de plus qu'aux autres.

LA MOISSON

Enfin, l'été vermeil a doré nos vallons :
Moissonneurs, prenez vos faucilles !
Voyez : la tige frêle aux tresses d'épis blonds
Ressemble, en s'inclinant, vers le seuil des sillons,
Au col ambré des belles filles.

Partez, voici l'aurore aux promesses sacrées.
Voici Cérès, chère aux humains,
Partez. Que cette mer aux paisibles marées
Décuple les moissons, par vos soins, préparées.
Oh ! coupez l'or à pleines mains !

Cueillez tous ces trésors, patiemment attendus,
Objet d'amour, d'espoir, de crainte !
O travailleurs bénis, moissonneurs aux bras nus,
Cueillez le lourd butin des beaux mois révolus,
Votre tâche est à jamais sainte !

Ils sont partis. Je songe en voyant l'œuvre immense
Qu'ils font, vainqueurs jamais lassés,
Que leur geste éloquent, flétrissant la violence,
Est pareil à celui, dans le jour qui commence,
De nos aïeux des temps passés.

Partout, les sons des faux, joyeux et triomphants !
Partout, les suprêmes blessures !
Dans cet air de midi, lourd, aux plis étouffants,
Le grand-père et ses fils, la femme et les enfants
Pleins d'entrain, lient les gerbes mûres.

Aux flancs des longs coteaux où s'alignent les treilles,
Dans les « hautins » qu'on gâte un peu,
Jusqu'au fond des vallées, coquettes et pareilles,
C'est la même rumeur, le même essaim d'abeilles
Qui bourdonnent, sous le ciel bleu.

O spectacle émouvant des gerbes qui s'en vont
A l'heure intense et vespérale,
Quand le couchant s'empourpre au sommet du vieux mont !
Les moissonneurs pensifs, dans ce calme profond,
Passent... moi je suis la cigale !

LE CHATEAU DE PAROZET (Saint-Boys)

I

Il semble un fleuron de couronne
Sur son vieux socle, au vent battu.
Son donjon noir n'attend personne
Et dans la cour, rien ne résonne :
Les pas, les voix, le luth s'est tu.

Tout mort : la hautaine muraille
S'est ébréchée en maint endroit.
Seul survivant de la bataille,
Prêt à crouler, un créneau raille
Le fossé triste où le buis croît.

Tout mort : la tour n'est qu'un vestige.
Le souterrain béant s'emplit.
Et du castel au fier prestige,
Et de la fleur à l'humble tige.
Le Temps s'est fait le même lit.

Où donc le pont-levis acerbe !
La lourde herse à croix de fer ?
La courtine s'endort sous l'herbe.
L'œil cherche en vain le front superbe
Du roi des monts dressé dans l'air.

Dans le granit sombre et farouche
Qui reste de ce long passé,
Quel assaut fit comme une bouche
A ce profil que l'ombre touche
Et que l'Emeute a terrassé ?

II

Un immense bruit fait de mille échos,
Franchit les hauts murs, emplit la vallée :
Carillon du guet, cors des jouvenceaux,
Cliquetis d'acier et joyeux propos,
Chants, cris, chocs des arcs dans la cour dallée !

Sur les quatre tours flottent des bannières
Où l'écu d'azur met son signe altier.
On entend hennir un blanc destrier.
Trois pages jumeaux d'air et de manières
Tiennent les chiens roux, l'aigle et l'épervier.

III

Réveil de demain : Là, c'est fête encore !
Ici, la misère ! ô temps malheureux !
Le serf a repris son joug douloureux.
Et lui, le seigneur, en chasse, dévore
Les épis laissés par un gel affreux.

La meute aux longs cris, les chevaux fringants,
La haquenée au blanc galop, les pages,
Les varlets suiveurs, brillants équipages,
Foulent tout aux pieds. Regardez, manants !
Mais faites bon cœur à tous ces ravages.

Ne vous plaignez pas si l'œuvre est impie.
Acclamez le brave et gentil Ghislain !
Vos taudis sont froids, son grenier est plein...
O mes chers aïeux, ce fût votre vie :
Pour un jour joyeux, trois cents jours de faim.

SUPPLICATION

Tu m'as dit : « Laisse là ta Muse, ô mon aimé !
Mon poète, sois mien ; vois-tu, je suis jalouse.
Je hais cette étrangère au souffle parfumé
Qui voudrait te ravir du cœur de ton épouse !

Quand sur mon sein tremblant ton bras s'est refermé
Et que l'adieu du soir vient dorer la pelouse,
Je crois sentir le feu de son œil d'Andalouse,
Car ton regard, sans moi, s'est soudain enflammé ».

J'ai répondu : « Je t'aime ! Et la blonde Chimère
Sous le miel du baiser laisse une source amère.
Rien n'est doux que ta voix, rien n'est sûr que ta main,

Rien n'est bon que ton âme à mon profond délire !
Rien n'est vrai que ton ciel : je poserai ma lyre,
Et, seuls, nous goûterons les bonheurs du Chemin ».

LUNE DE MARS

Sur la colline, à la vesprée,
Dans l'azur du prime abandon,
Monte la flamme consacrée,
La flamme unique des brandons.

Tout le hameau suit en délire
L'autodafé des mauvais jours ;
On entend un accord de lyre ;
Le perce-neige est en velours.

Et la violette, en satin.
L'horizon des coteaux flamboie.
Les hommes font des feux de joie
Dont le printemps est le lutin.

O nuit des premières promesses,
Reçois l'offrande des bûchers !
Et bénis l'écho des rochers
Qui redit nos chants d'allégresse...

Sous mes yeux le brasier se meurt.
La lune est un croissant de givre.
Ce soir, il fait déjà bon vivre !
Et Phœbé, tendre en sa pâleur,

Est comme un fin panier de rêve
Avec son anse en fil d'archal,
Et, sous la brise qui s'élève,
Semble se pencher sur le val.

Vénus luit plus près de la cime,
Et mille sœurs, en un instant,
L'entourant d'un chœur éclatant,
Jaillissent du fond de l'abîme.

Ces feux d'étoiles, d'un seul jet,
Nouaient d'incandescentes rondes.
Et je crus voir des bugnes blondes
Neiger, neiger sur le Bugey !

LA VOGUE

A Mademoiselle E. D...

Le four banal est saturé
De fumets simples, mais sans tare :
C'est l'encens qu'offre à son dieu lare
Le bourg dont il est adoré.

Donc, en l'honneur de Saint-Magloire,
La basse-cour est aux abois ;
Le dernier porc y perd la voix ;
Le cellier perd ses vieilles gloires.

Tout cotillon est cordon bleu,
Et, cordon bleu, vit dans les transes
En supputant de l'œil les chances
Du rôti, du sel et du feu.

Et le ménage, à la mé...gère
Doit filer doux — pour un instant —
Car tout va bien : il fait beau temps,
La crème aux œufs sera légère !

L'environ donne à pleins sentiers ;
Le « dernier cri » touche à l'antique ;
Le bon Patron eut son cantique ;
Le village a deux cents rentiers.

Et tout en regrettant la soupe
Au fromage des temps enfuis,
On mange, on boit jusqu'à la nuit ;
On chante, on toaste à rase coupe.

...Et le long flot des souvenirs,
Grisé, coule en torrent des lèvres...
Mais la jeunesse a d'autres fièvres :
La grange au bal vient de s'ouvrir.

C'est d'abord un talon qui sonne
Plus haut que l'archet chevrotant...
Et, sous les airs naïfs d'antan,
Le Désir éternel frissonne.

LE BUGEY

A M. Lucien Lourdel,

Non loin de l'Armada des hauts galions chauves
Que le Mont Blanc, dans l'est, lance à l'assaut des cieux
Et que l'aube et le soir nimbent de lueurs fauves,
C'est la verte trirème au vol silencieux.

La trirème à l'abri du port après l'épreuve,
Dont le pavillon flotte au Colombier changeant
Et qui courbe au midi la vague du grand fleuve
Sous sa proue effilée à l'éperon d'argent.

O nef ! tu t'élançais vers la rive fleurie !
L'eau qui baigne tes flancs dit ton antique essor !
Mais tu trouvas ton ciel, ton climat, ta patrie,
Et dans ces lieux bénis l'ancre a fixé ton sort.

Tu mires dans le Rhône et dans l'Ain ta carène,
Ta poupe dans les lacs Sylans et Nantua ;
En ton sillage, on voit comme une longue traîne
Soumise à ton destin, les chaînons du Jura.

Bugey ! Bugey ! Bugey ! Pays des sept cascades !
Pays partout vivant, des cluses aux plateaux !
La lumière et l'amour s'y versent par rasades,
Les pampres des étés ombragent les tombeaux.

Albarine ! Séran ! Valey ! Furand ! Arvière !
Plus doux que des noms grecs, plus frais que les sous-bois !
Chaque bourg a son lac, sa forêt, sa rivière,
Sa colline où s'élève un castel d'autrefois ;

Et, près de cet aïeul en deuil de ses bannières,
Dans son parc de tilleuls, voici le gai manoir ;
La chapelle au portail sous le feston des lierres ;
Au seuil de la chaumière, une vierge à l'œil noir.

Cher pays où les dieux, chassés de Thessalie,
Ont retrouvé la coupe et le miel et le vin,
Les jeux et les loisirs qui parfument la vie,
Les plaisirs de la table et les chants du matin.

Vassal de Savoie et baron, Ghislain
Vient d'avoir un fils. De là ce tumulte
Qui grandit sans cesse ; et Ghislain exulte
A voir ce baron en son nid de lin
Qui sera son glaive, abri de l'insulte !

Un fils ! louons Dieu ! Déjà mon épouse
Dépose à l'autel un don précieux.
Mon fils sera beau, doux, grave et pieux ;
La reine elle-même en sera jalouse :
Nul ne le vaudra sous les vastes cieux !

Qu'on aille quérir tous mes paysans !
Qu'on dresse un festin ! Je veux qu'on s'égaie !
Je veux que le serf dans sa rude saie
Boive aux hanaps d'or du vin de cent ans
Et que ce jour soit le plus doux que j'aie !

Et l'immense bruit, fait de mille échos
Monta dans les airs comme un bruit de fête.
Des dames passaient le long des arceaux,
En atours dorés, portant des joyaux
Et les vilains gris chantaient à tue-tête !...

Fleuron que, tour à tour, le Dauphin, la Savoie,
L'Allobroge et le Franc et le Duc de Dijon,
L'un pour ton opulence et l'autre pour ta joie,
Voulurent enchâsser au front de leur donjon !

Ton sang a racheté l'offense des conquêtes :
Pierre-Châtel se rit des ulhans de Bubna,
Et l'on entend encore, aux échos des Balmettes
Le défi de Garbé répondre à leurs hurrahs.

O Bugey des sapins, au nord ! Bugey des vignes
Au sud ! O clairs coteaux ! Doux et riants vallons !
Pays prédestiné ! Le Grand Livre des signes
Voulut à ton relief ce dessin de sillons,

Symbole du travail et des vertus fécondes
Qu'on trouve, sans mélange, en tes foyers épars ;
Sillons face au soleil pour que les moissons blondes
Pressent le pied des ceps grimpant de toutes parts.

L'étranger ne sait rien de tes beautés sans nombre,
Sol comblé de gazons, d'eau vive et de fraîcheur !
Thébaïde sereine où nul Mécène sombre
N'a tari ni troublé les sources du bonheur.

L'homme n'a qu'à laisser sa part à la nature
Pour que ce chaste Eden renaisse à tout jamais.
Le pâtre a sa chanson et l'onde son murmure,
Le bûcheron se perd dans les taillis épais.

Seul, l'artiste rêveur, sur les hauteurs, s'oublie
Et contemple longtemps l'horizon vaporeux.
Mais l'avide passant dont l'or est la folie
Le croit pauvre et s'en va, sceptique et dédaigneux.

Insensé ! Nul encor n'a compté ses richesses !
Son charme est un trésor inépuisable et sûr.
Son sol n'est pas ingrat ; en ses pires rudesses,
L'hiver l'épargne et met un rayon sur son mur.

Ses vins ont un renom qui franchit les frontières ;
Le blanc mousse et pétille et ne descend qu'au cœur ;
Le rouge est généreux et facile aux prières
Que fait pour le verser le vigneron rieur.

Poissons neigeux des lacs ! Enormes écrevisses
Et truites des ruisseaux ! Cailles, lièvres, perdrix,
Bécasses en salmis, vous êtes les délices
Des gourmets les plus fins ! Et vous, truffes sans prix

Que la neige sema dans la saison dernière !
Fruits savoureux, marc de cristal jauni des ans,
Santé, gaieté, beauté, paix du cœur, feu des sens,
Les larges horizons et l'intime chaumière,

L'air sain baignant tes monts dans la clarté du jour,
Tes versants odorants où rougit la framboise,
Tes toits, un pan de tuile et l'autre pan d'ardoise,
La joie et la douceur, la jeunesse et l'amour,

Tous ces dons, tous ces biens sont ton noble apanage
Et ton sceptre, ô Bugey ! toi qui vis enchanté,
Bresse et Dombe à tes pieds pour te rendre l'hommage
Que tout vassal bien né doit à la royauté.

LA TRACLE

Un alchimiste débonnaire,
Chenu comme un mage d'Ophir,
Trouva l'esprit d'un élixir
Quelque mille ans avant notre ère.

Sans dol, sans fiel, naïf et fol,
Il vivait au pays bugiste :
La fleur porte les dons du sol,
Tout le terroir est dans l'artiste.

Loin de chercher dans son creuset
La philosophale aventure,
Avec amour il composait
Une étrange et forte mixture.

Fleurant le poivre et le vin blanc ;
Elle enivra tous nos ancêtres,
Devint le mets sacré du clan
Aux jours d'or des festins champêtres...

Mais le secret n'est pas perdu :
La cornue est une *crémière*
Où chair de *tomme* et de gruyère
Ont mêlé leur double vertu ;

Beaucoup *d'avoine de bréviaire,*
Du jus de *roussette* éclairci,
Du temps, de l'ombre, aucun souci
Et la *Tracle* exile... Cythère.

Elle *ravigote* un mourant
Quand les *taras* ouvrent leur source ;
Elle peut, seule, dans sa course,
Seule, arrêter le Juif-Errant.

LONG FEU, OUVERTURE

Aux mazettes de tous les pays et de tous les temps.

Enfin ! L'heure a sonné ! Fanfares !
Le chasseur, un brin fanfaron,
Couve les pentes de Coron
De l'œil farouche des Avares.

L'hamerless au poing, le bedon
Ceint d'un luth à touches de cuivre,
Notre Nemrod brûle de vivre,
L'apothéose du guidon.

« A moi le poil ! A moi la plume !
« Lièvres, perdreaux ! Allons, mon chien !
« Ah ! l'on n'est pas un collégien !
« Peu de bruit, beaucoup de volume ! »

Pour avoir reçu les soleils
Et les feux pourprés de l'aurore,
Et les soirs que le sang colore,
Septembre est lourd de fruits vermeils.

Entre les ombres tutélaires
De Saint Hubert et Tartarin,
Notre homme arpente le terrain,
Plein de magnanimes colères.

Un perdreau file au ras du sol ;
Un lapin boule de son gîte :
Pan, pan ! — Pan, pan ! — Le chien s'agite
Et... la Chimère prend son vol.

« Un de raté, deux à découdre ! »
— Hélas ! c'est là son moindre vœu. —
« Si l'occasion n'a qu'un cheveu,
« J'ai, moi, plus d'une once de poudre.

« Et plus d'un tour dans mon filet ! »
Mon Dieu ! A défaut d'autre chose !
Ça gonfle moins ; mais je suppose
Que sa superbe s'en allait.

Enfin doublant, redoublant même
Sur le gibier qui foisonnait,
Le Roi tonnant du Bas-Bugey,
Vers midi, lança l'anathème.

« Vit-on jamais pareil guignon ?
Avoir brûlé quatorze douilles !
Mon chien et moi, rentrant bredouilles !
Je suis mat de Murs à Cerdon ! »

Lors, sa faconde trépanée,
Je le vis, — c'est le coup du Roi, —
Le cœur, de rage, en désarroi,
Foudroyer sur sa branche un moineau de l'année.

ON NAILLE

A Mademoiselle L. P.

Sur le *plancher,* les noix sont grises.
Au couchant, le vieux *Tantanet,*
Jusqu'aux yeux a mis son bonnet.
Ah ! mignonne, au temps des cerises,

Vous laissiez dorer vos attraits,
Et les noix prenaient votre neige ;
Mais voici que leur brun cortège
Vous a rendu votre teint frais ;

Or donc, il faut *nâiller,* mignonne.
C'est un motif pour les galants :
Ils vont venir, fiers ou tremblants,
Pour plaire à vos yeux de madone,

S'asseoir sur le banc de bouleau,
Devant des montagnes de *cruises*
Que leurs mains, patiemment détruisent
Au rythme assagi d'un marteau.

On dit la romance à la mode ;
Les noyaux tombent dans un van ;
On fait revivre le *Sarvan*
Plus fabuleux que roi Hérode.

Et vous rêvez au bon vieux temps...
Votre voisin — le plus aimable —
Cherche une amande sous la table
Et se relève en souriant,

Et vous, vous rougissez de fièvre :
L'amande était en vos sabots...
Mignonne, le temps le plus beau
Est l'instant qu'empourpre vos lèvres,

Quand, minuit, dans l'ombre tintant,
Après la collation épique,
On prend, selon le rite antique,
Trois cerises au marc brûlant.

LE TRUFFIER

A mon Frère.

Le « piochet » courbe à la ceinture,
La botte sur le pantalon,
Suivi de son chien noir, Rollon,
Le truffier rôde à l'aventure.

Aux bons Bugeysiens calfeutrés,
Décembre apporte son obole,
Les gas sont couplés à l'école,
Les bœufs vendus, les bois rentrés.

Malgré la bise qui hulule
Sur le blanc plateau d'Innimont,
Lesté d'un marc, le grand « Mémon »
Erre de l'aube au crépuscule.

A la lisière des genêts,
Sous les buis nains et sous les chênes,
Le nez au vent et long de rênes,
Rollon gémit... et le benêt

Marque d'un ongle... trufficide,
Dans la clairière à gros grains roux,
— L'homme agite un bâton de houx —
Une noix noire !... et l'œil avide,

Il dit : « C'est tout ! Va-t-en, pendart ! »
Le chien s'enfuit sous la menace,
Rentre au logis l'oreille basse.
Mais le truffier connait son art.

Il va plus loin et s'agenouille,
Pioche deci, gratte delà,
Renifle et flaire et puis, voilà
Un bulbe lourd couleur de rouille,

Et parfumé tant, qu'au retour,
Aux poulaillers gras et maussades,
Poulets, dindons, canards, pintades,
Rêvent de truffes et d'amour.

MÉRIDIENNE DE FENAISON

Sur le tapis de haute laine
Qui pâlit au milieu du pré,
Juin, de sueur altéré,
« Flamboie et brûle sans haleine ».

Le soleil, faneur sans rival,
Est seul à l'œuvre en la prairie.
L'oiseau se tait ; le cri-cri prie,
Son antienne emplit le val.

Près du ruisseau, chanteur aphone
Qui cherche l'ombre et le repos,
Sous les festons de la bryone,
Sont étalés de larges dos.

Les doigts croisés sur la poitrine,
Chapeau tiré sur le menton,
Un faucheur ronfle en baryton,
Un autre nasille en sourdine.

Le concert est si savoureux
Qu'on entend rire des faneuses.
Mais, à l'écart, deux amoureux
Vivent des minutes heureuses :

Dans le doux nid de ses genoux,
Il a posé sa tête lasse,
Et c'est un tableau plein de grâce
Que couve plus d'un œil jaloux ;

D'un tendre geste elle l'évente
Mais lui, qui devine un soupir,
— Est-ce le foin ? Est-ce l'amante ? —
Grisé d'odeurs, ne peut dormir.

COLLINES DE CHEZ NOUS

Avez-vous contemplé le versant des collines
Sous le fluide azur de mai le Magicien ?
Chastement tombe aux pieds, son manteau patricien
Tout au point d'Alençon, d'Irlande et de Malines.

Entrelacs des taillis, festons des frondaisons ;
Guimpes du cornouiller, guipure du cytise
Dont le pampre doré trace en rêvant la frise
D'un plumetis léger par les sombres toisons.

Sur le vert canevas de l'herbe des clairières,
La dentelle du buis et des génévriers
Précède les arceaux des mouvants coudriers
Et des ormes qui font de tremblantes verrières.

En bas, le chêne dresse un imposant fronton.
En haut, le prunellier se mêle à l'églantine ;
La clématite brode une arabesque fine
Sur les rameaux captifs, de chaton à chaton.

Parfois, l'arbrisseau mort, des coupes de l'automne,
Couché sur le côté, défaille et se tait, seul.
Mille pousses déjà, dont la sève rayonne,
Recouvrent son tronc nu, d'un odorant linceul.

Alors, sous le soleil, le silence ou la brise,
Toutes les feuillaisons murmurent à la fois.
La verdure est si jeune en cet aimable mois
Qu'elle est blonde et d'un chant de blond coucou se grise,

Ou se ploie et frémit sous les baisers du vent.
O vous qui vivez là, bergers, je vous envie :
Vous sondez les buissons où l'oiselet pépie,
Et votre cœur bat fort, autre oiseau palpitant.

Je vous jalouse, adolescents et jouvencelles,
Tourmentés du désir naissant dans votre cœur.
Vous suivez les sentiers, pleins d'un vague bonheur
Et les yeux enivrés de voluptés nouvelles.

Comme vous, autrefois, enfant timide et doux,
J'ai frissonné du bruit d'une aile qui se pose ;
J'ai gravi d'un effort dont le front devient rose,
Les rochers et les troncs où saignaient mes genoux.

Plus tard, étudiant à la lèvre vermeille
Dont nul duvet encor n'ornait le dessin pur,
Assis sous une branche où s'estompait l'azur,
Ebloui, je lisais Molière et Corneille.

Des sentiments confus, des élans, des soupirs
S'agitaient dans mon âme au-devant de l'Aimée.
Hermione ou Chimène entaient dans la ramée
Des contours et des traits prompts à s'évanouir.

Mon être se donnait à ton rythme, ô Nature.
Je savourais tes chants et je cueillais tes fleurs.
J'ignorais l'amertume et le divin des pleurs,
Et j'attendais l'amour qui comble et qui torture.

Mon livre ne donnait. dans les palais d'argent,
Qu'un reflet pâle et froid qui luit et qui s'efface
Des amantes de marbre aux passions de glace :
Eva, je t'attendais, corps vierge et sein brûlant.

Nature, ô sœur aînée, ah ! qui donc t'a maudite ?
Je sentais ton effluve à mon sang se mêler.
Mon désir ne cessait, Eva, de t'appeler :
« Viens ! Mai livre au zéphir les sachets d'Aphrodite !

« Viens ! je veux me courber sous le joug de ta loi ! »
Mais j'étais seul, dans l'infini, bleu de promesses.
Espérant et craignant la fièvre des ivresses,
Eva, je t'adorais sans rien savoir de toi.

Le frêne et le sureau, les houx et les érables
Disaient à l'éolien qui passait, parfumé :
« On ne comprend l'amour qu'après avoir aimé,
« Mais demain, mais ce soir seront moins adorables !

« Ne cueille pas ton rêve et garde encor l'espoir ;
« Prolonge la langueur inquiète de l'attente ;
« Plus tard, tu béniras la lumière éclatante,
« Mais ton matin dira : « Hélas ! je suis le Soir ! »

VENDANGES

A M. Hippolyte Reymond.

Sans se lasser d'aimer la nature se meurt :
Auprès du rosier nu s'ouvrent les chrysanthèmes ;
Et la rose des morts, au geste du semeur,
Puise son encens noir dans les futurs : « Je t'aime ! »

L'hirondelle a quitté nos cieux agonisants
Pour animer l'azur des pays dont la neige
Peut à peine, un seul jour, poudrer le long printemps.
Mais l'oiseau, du bonheur, n'a pas le privilège :

Tout le bourg retentit comme un vaste atelier.
La cuve a résonné sous le maillet sonore.
Le laboureur d'hier, devenu tonnelier,
Frappe les foudres lourds dont sa cave s'honore.

Un doux soleil d'automne éclaire les coteaux.
La brume du matin effrange son haleine.
Vallons, vous surpassez la plus splendide plaine
Quand l'or des derniers feux flamboie à vos rameaux !

Les geais, gorgés de glands, se hèlent dans les chênes ;
La grive, prudemment, regagne son couvert ;
Le chasseur à l'affût des plus maigres aubaines
Prouve en la saluant qu'il n'est pas pris sans vert.

Mais il se hâte : il fait si tiède — et foin du lièvre —
Il troque le fusil pour un fin sécateur.
« En route, les enfants ! » Les bœufs même ont la fièvre :
Le maïs a pour eux un charme évocateur !

Blonds guetteurs, les bambins trépignent dans les « deuves »
Exhortés du bouvier portant, tel un housard,
Son gilet de velours orné de manches neuves
Et riant au minois qui passe par hasard.

Pas un frémissement. Au ciel, pas un nuage.
Pas un chant sous l'azur immobile et pâli.
Le char, allègrement, qui promit d'être sage,
Commence à vaciller, gris comme un Somali.

On croise des amis : des gerles déjà pleines
Se heurtent de l'épaule et clignent leurs bons yeux.
Et la roue aux essieux raconte ses fredaines
Et l'on entend pouffer et glousser les essieux.

On arrive à la « pièce » ; on envahit le cheintre ;
Deux douzaines de « tirs » s'alignent fièrement,
Pampres vermeils et lourds. Oh ! je suis sûr qu'un peintre
Aurait dans son regard un éblouissement !

Deux par deux, trois par trois, au gré des fantaisies
On attaque au couteau, de la serpe, au greffoir !
Les seaux tintent ; les doigts sont pris de frénésie ;
Entre les ceps, l'œil bleu sourit au grand œil noir.

Et les mains, pour un fruit, se touchent par mégarde
Emmi le frais feuillage et l'on rit de plaisir.
Un corsage a bâillé : le gars, grisé, regarde
Et répond de travers, chaviré de désir.

Pour cueillir un raisin qui traîne presque à terre,
La belle s'accroupit ; son jeune corps divin
S'accuse et son bas noir montre la jarretière :
Alors le gars frissonne et Bacchus fait le vin.

On mange à pleine bouche à même aux grappes mûres
Sans souci de sa pourpre et de l'émail des dents,
Et la gerle s'emplit ; une guêpe murmure
A l'entour du panier ; une autre bruit dedans.

Midi sonne au beffroi qu'on le croit à cent lieues.
Le char n'a pas chômé ; le dîner apparaît.
Vite, on s'assied dans l'herbe et les montagnes bleues
Regardent ce festin par-dessus la forêt.

Menu : gratin de courge — aux quolibets tenue —
« Roulette » du saloir et châtaignes à l'eau.
Pour-finir, ô Brillat ! la « tomme revenue » ;
Vin blanc bourru ; dessert : entre les « paligots ».

A l'œuvre : le soleil a tôt frôlé Tantaine !
On entend des bons mots : je voudrais des chansons.
Nos aïeules, où sont vos jupes de futaine ?
Où donc, ô nos aïeux, vos couplets sans façons ?

Où donc, ô Velléda ! ta brillante faucille ?
Ton cortège enivré de druides et de preux ?
Ah ! chantez, vendangeurs ! Que la gaîté pétille
Et charme les échos de vos accents joyeux !

Chantez, gens du Bugey, le plus beau des domaines.
Le plus doux des travaux, la plus folle moisson !
Cueillez comme un trésor la dîme de vos peines
Et célébrez les dieux d'un refrain de chanson.

. . . .

Sans se lasser d'aimer, la nature se meurt :
Auprès du rosier nu s'ouvrent les chrysanthèmes ;
Et la rose des morts, au geste du semeur,
Puise son encens noir dans les futurs : « Je t'aime ! »

A LA « FINE BUGEY »

A M. Ferrero.

Tel un cristal filtrant des hauts névés,
Tel un diamant perdu dans la tourbière,
Comme d'un pin, du flanc de la chaudière,
Le marc perlait, lourd d'arômes rêvés...

Et le vallon fumant comme un cratère,
Pour quelques jours, retrouve la gaîté,
Malgré son ciel appauvri de clarté
Et froid d'autans qui l'ont fait solitaire.

Le village entier, de sourciers friand,
Mire un flot bruissant de parler bugiste
Aux cuivres vermeils du sombre alchimiste
Qui fait dans la pluie un ilôt riant.

Dès l'aube on entend la chanson des gerles.
Serait-ce un écho des temps fortunés
Où moussait la fleur des vins nouveau-nés ?
Le buisson muet dérobe les merles.

La dame-jeanne à l'osier vermoulu,
Et la bonbonne au ventre de commère,
Le tonnelet ceinturé comme un maire,
Vont se remplir d'un glou-glou de goulu.

Dans un brouillard qui tient lieu de magie,
L'engin-cornue enfouit ses serpentins ;
Les récipients ont des sons argentins ;
La pulpe saigne en des pavés d'orgie.

Un rire soudain, étouffant les voix,
Fait pâlir les gâs qui vont à l'école :
C'est quelque nigaud qu'on grise de « folle »
Ou quelque lazzi fardant un minois.

La cuve au pressoir épanche son âme ;
Un parfum brûlant vient les consoler ;
Le linceul d'oubli va les isoler,
Mais ils ont transmis et sauvé la flamme.

Sur ton zénith, à l'horizon tombé,
Soleil, tu peux mourir : la vigne est morte
Aux pentes des coteaux. Eh ! bien, qu'importe,
Le meilleur de toi nous l'aurons gardé.

Nous aurons l'azur pris à ta coupole,
La joie et l'amour de l'oiseau parti,
Le chant du ruisseau, dans l'ombre englouti,
Et la feuille au vent n'est qu'un vain symbole.

Nous aurons les fleurs en ayant le miel,
Nous aurons l'avril, l'émail des luzernes,
L'odeur des pollens, encens des jours ternes,
Nous rendront l'éclat, le printemps du ciel.

Vieillis dans la paix des fraîches ténébres,
O limpide esprit du pays natal.
Foin des gabelous au geste brutal,
Et foin du docteur aux avis funèbres.

Qu'embaume d'hymen le vierge oranger,
Que sonne au matin l'airain d'un baptême,
Que la vogue arbore et foule un diadème,
Qu'un ami soit là, même un étranger,

Alors, montre au jour tes feux de topaze,
Verse à tous les cœurs l'or de tes rayons.
Le Bugey du pampre en toi vit : Trinquons !
Goûtons sa splendeur en buvant l'extase.

LE RAMEQUIN

Le rouge Urian rit sous cape...
Pour bien finir un jour d'agape
Qu'inaugura le Virieu d'or,
Après la truite et la dindette,
Si vous voulez Gaster sans dette,
Choisissez l'heure et le décor :

L'esprit prête à l'amour ses armes ;
Le rire est allé jusqu'aux larmes ;
On voit les deux fronts du destin ;
Pour un adieu sans amertume,
Le cri du cœur de la coutume
Comme un chant monte : « Un Ramequin ! ».

Ah ! ce mot est comme un Sésame
Qui, d'un Bugiste, entr'ouvre l'âme,
Dans le parfum de l'ailloli ;
Beurre aussi fin qu'en Normandie ;
Gruyère en fleur de l'Arcadie ;
Vin blanc sous les fagots vieilli.

Et truffe brune au fauve arôme...
La chaumière ancienne embaume
De la cave au pignon moussu.
« Coupez le pain ! Choquez les verres ! »
Le plat, sous ses vapeurs légères,
Pour Saint-Antoine fut conçu.

Brûlant assaut ! Chacun se jette
Au premier rang. Pour la fourchette,
L'Amour a posé son dard bleu.
Et l'on peut voir d'un œil qui louche
Des fils qui vont de bouche en bouche,
De lèvre ardente à lèvre en feu.

Et l'échanson souvent s'approche
Pour verser un Cheignieu-la-Roche
Qui met à bien plus d'un minois.
Mais la nuit, les chattes sont grises ;
L'écho dira : « C'est l'heure exquise !
...Urian siffle un air gaulois.

PASTEL

A Madame X...

Le fin duvet d'avril envahit les clairières.
Epouse au front voilé, l'amandier rêve en vain.
Le chêne, en demi-deuil, attend les couturières.
Pour la répétition de gala des Premières,
La pervenche et l'iris vont bleuir le ravin.

Et sous un grand chapeau qui fut en quarantaine,
Vous passez : le soleil ne brille que pour vous.
J'admire, en évoquant les chants de la Sirène,
Votre pied plus petit, votre voix plus sereine,
Et votre cou plus blanc sous des cheveux plus flous.

Allez dans le jardin, dans l'herbe et dans la vigne,
C'est vous le vrai printemps, le seul digne des cieux.
Pour dérober le velouté, le rose insigne
De votre joue en fleur, les pêchers se font signe ;
Pour briller, la rosée en perle aura vos yeux.

Le gazon s'inspira de votre chevelure
Qui met au désespoir l'oiseau le plus comblé.
J'entends tous les parfums s'accuser d'imposture,
Car vous avez passé, sublime créature
Dont le dieu créateur reste à jamais troublé.

Passez, rayon divin ! Brillez, divine aurore !
Mieux qu'avril l'enchanteur vous fascinez le jour.
Je vous dois du bonheur. Votre nom ? Je l'ignore.
Mais je sais votre cœur que le désir dévore ;
Je sais votre destin doux et fatal : Amour.

LE PÊCHEUR

A André Colombat,
en bonne amitié.

Il a mal dormi. Dès l'aurore,
Laissant les appas pour l'appât,
— Donnez-lui trois grains d'ellébore ! —
Il vole à l'attrayant combat.

Jamais du temps ne se lamente :
Il cuit, tant pis ; il pleut, tant mieux ;
Comme un aimant, comme un amante,
L'eau l'attire au giron des cieux.

Le fin bambou doré s'allonge,
Exorciseur, sur le miroir
Des ondes où le fil se plonge
Jusqu'au flotteur, rouge d'espoir.

Lors, fasciné — Oh ! le point rose
Sur l'i tremblant du verbe aimer,
Près de ce point, n'est autre chose
Qu'une larme près de la mer ! —

Il attend des heures, des heures,
Le scintillant gardon d'argent
Qui va, « du fond de ces demeures »
Tenter son poignet diligent.

L'azur, le jour sont sans limites.
Ce lac n'est plus que le Léthé.
La solitude étend ses mythes
Autour de son cœur arrêté.

Mais l'ablette est aléatoire !
La friture est un mythe aussi !
Eh bien ! C'est assez de la gloire !
Si la pêche était un souci,

Qui donc voudrait mouiller ses chausses,
Et courir par monts et par vaux,
Et camper, au grand dam des sauces,
Sa moitié sur ses grands chevaux ?

... N'a rien pris... Demain, dès l'aurore,
Laissant les appas pour l'appât,
Il va voler au cher combat...
Donnez-lui trois grains d'ellébore !

AU PAYS DE BRILLAT-SAVARIN

J'ai cherché moi-même, en vain, dans Belley, où s'érige la vieille maison cossue de « Monsieur Brillat », un exemplaire de la *Physiologie du goût...*

MAURICE PRAX.

(*Petit Parisien*, du 22 février 1923).

Du mondial *Petit Parisien*,
Monsieur Prax, chroniqueur notoire,
Avec un sang-froid cornélien,
Nous narre une aventure noire
Qui met à mal ton territoire,
Berceau d'un grand homme, ô Belley !
Il eût oublié son déboire,
Sous ton toit, Hôtel Pernollet !

« Je n'ai point trouvé, cherchant bien »,
« Chez les libraires, — quelle histoire ! — »
« Un seul spécimen, neuf, ancien »,
« — Entre le fromage et la poire — »
« Du livre du Goût ! » O mémoire
Du doux Savarin ! Feu-follet
Auréolant la rôtissoire
Du célèbre Hôtel Pernollet !

Si, Monsieur Prax, épicurien,
On trouve en nos murs ce grimoire
Cher aux gourmets, tous gens de bien.
Mais, en outre, entre Rhône et Loire,
Le Temple du Goût, — c'est l'Histoire —
Trône et brille au sein du Bugey.
O Lucullus, pends-toi sans boire,
Qui rêvas l'Hôtel Pernollet !

Envoi

Prince, à qui donc ferez-vous croire
— Vatel ne vient qu'à son mollet —
Qu'on n'a pas Brillat dans sa gloire
Au pays du grand Pernollet !

LE GLAND

A M. Alfred BLANCHET.

Le flanc du haut Tantaine a trois sources d'argent,
Trois sœurs aux fraîches eaux ruisselant de leur combe.
Au bord de l'une, un jour, on creusera ma tombe,
Et son chant bercera mon sommeil, tendrement...

C'est le Sétrin. Il vient du « Lac de la Montagne »,
Il naît, diamant serti de mousse et de buissons
Sur des graviers épars au milieu des cressons,
Et son onde bondit, et mon cœur l'accompagne.

Tout d'abord, des vergers se penchent sur son lit,
Verts, parés de pommiers, du gui chargeant leurs branches,
Son lit où, tout enfant, dans les spirales blanches,
J'ai bâti des moulins, les pieds nus, — noir délit !

Plus haut, pour l'écouter, s'étagèrent les vignes,
Les plants les plus aimés et la fleur du terroir.
Puis voici le village et voici le lavoir,
Et sa fuite ressemble à la fuite des cygnes.

Alors, sur les vieux rocs il dévale en torrent,
Fustigé des rameaux qui trempent dans l'écume ;
Et dans l'aube des jours son eau bouillonne et fume,
Et je rêve au destin de l'éternel errant.

Tantôt fougueux et lourd, il flagelle l'érable,
Tombe d'un promontoire en un lieu tourmenté ;
Tantôt c'est le murmure affaibli de l'été,
Entre les dos moussus des pierres, sur du sable.

Son cours change d'aspect, de fond, de toit, de bruit,
A chaque pas qu'il fait, gué clair ou solitude ;
Son chant monte, descend, comme un luth qui prélude
Et, tout-à-coup, se tait sous un tunnel de nuit

Où la bergeronnette, à ces halliers fidèle,
File comme un trait bleu dans un cri déjà loin ;
Où le merle parfois troublé par le témoin
Se plonge en un arpège assourdi par son aile.

Il atteint la prairie. Alors, c'est le repos :
Nonchalant, il serpente au travers des vieux saules ;
Et les frênes noueux ont de rudes épaules,
Et les hauts peupliers ont d'élégants manteaux.

Il passe en caressant des touffes de pervenches ;
Et la ronce lui livre un bras qu'il veut baiser ;
Il ondule en plis fins qu'un talus va briser ;
La faneuse, en riant, a relevé ses manches

Et plongé ses deux mains dans la fraîcheur des eaux ;
Un faucheur s'est assis près d'elle, à l'ombre brune ;
Leurs bouches qui s'aimaient, pures, n'en ont fait qu'une,
Et seul pourra le dire un bouquet de roseaux...

. . . .

En aval de Conzieu, ses deux sœurs l'ont étreinte ;
Alors, c'est le beau Gland, le Gland, agreste dieu,
Fruit d'une trinité cristalline où l'empreinte
D'un esprit complaisant se devine en tout lieu :

Oh ! les profonds bassins sous les souches penchées
Où la truite pullule et frétille au soleil !
Le vieux pont incliné sur un couchant vermeil !
Le pêcheur à l'affût, les nasses bien cachées !

La ruine du moulin près du rocher bruni !
L'antique tour croulant jusqu'au flot qui la mire !
Le clocher de St-Boys dont le coq du banni
Qui s'enfuit vers le sud, recueille le sourire !

Oh ! les bosquets, les prés au pied des verts taillis !
Les fouillis des cailloux cachant les écrevisses !
Le Touvet qu'un seigneur parsema de bâtisses,
De parcs, de pavillons en une nuit jaillis !

Reflets de Prémeyzel, ton suzerain gothique
Qui reçoit ton hommage et te bénit sans fin !
Oh ! l'épaisse oseraie ! Oh ! le bief du moulin
Qui jette au vent du soir sa cadence rustique !

. . . .

Mais la montagne s'ouvre au-dessus de Glandieu.
« Adieu, vallons, coteaux, forêts, rochers, prairie !
« Adieu, collines d'or ou d'émeraude, adieu !
« Adieu, Bugey charmant, mon berceau, ma patrie ! »

Il dit... dans un soupir d'extase et de regret
Et ralentit son cours dont la beauté s'exalte ;
A l'horizon, la plaine, où le Rhône paraît,
S'étend, immense et morne... Alors, le Gland fait halte...

Puis brusquement, il tombe, il tombe... il meurt.
Il n'est plus qu'une lourde et furieuse avalanche
Faisant voler au ciel une volute blanche,
Et le cirque des rocs tremble sous sa clameur....

. . . .

Délice du pêcheur, délice du touriste,
Sur le marbre des dieux, le Gland meurt en beauté.
Et devant sa grandeur, on rêve, grave et triste,
Car le néant humain n'a pas sa majesté...

Ce n'est plus un ruisseau que le flot pousse au Rhône,
C'est le cercueil du Gland sans écho, sans amours :
Dans le vallon riant et doux qui fut son trône,
Son âme est tout entière, exquise, et pour toujours.

. . . .

Le flanc du haut Tantaine a trois sources d'argent,
Trois sœurs aux fraîches eaux ruisselant de leur combe.
Au bord de l'une, un jour, on creusera ma tombe
Et son chant bercera mon sommeil, tendrement...

CALME

A M. Lucien LOURDEL.

Assoiffé d'univers, l'ahasvérus bohème
Traverse les cités, les mers et les déserts ;
Hamlet, en proie au doute et jetant le blasphème,
Se mesure au néant des tombeaux entr'ouverts.

L'œil de l'aigle au zénith heurte la cîme blême ;
La raison nie au cœur les mystiques concerts ;
Et le penseur défaille aux portes de Thélème ;
L'errant n'a contemplé qu'un mirage pervers.

Et pourtant, l'Infini commence à la colline ;
L'éternité soutient la dalle sibylline ;
Mais le pèlerin tombe et l'homme meurt, anxieux.

Courage, ô Voyageurs : le phare au loin s'enflamme !
Le ciel bornant la terre est l'horizon des yeux ;
La mort bornant la vie est l'horizon de l'âme.

III

LE LAC D'AMBLÉON

A. M. J. BALLEIDIER.

I

PANORAMA

Le Voyageur qui va du Haut-Gland vers le Rhône,
Par Saint-Germain et Lhuis, passe au col d'Ambléon.
Le site est ravissant et mérite un renom
Dont se pare plus d'un, — si Joanne le prône ! —

Par huit cents d'altitude, on atteint le plateau.
Qui que tu sois, passant, esthète ou bête rude,
Que ton cœur soit inculte ou rayonnant d'étude,
Viens, penche-toi, regarde : il n'est rien de plus beau.

C'est le cirque enchanté dont parle le poète !
Pour rendre sa grandeur, le ciseau d'un Rodin,
Et son intimité, le pinceau de Chardin,
Me font défaut, hélas ! ô chantre du Taygète !

Les deux vallons jumeaux du Gland et du Furand
Sont penchés vers le sud et rêvent côte à côte,
Sillonnés de coteaux porteurs de vigne haute,
Ruche aux multiples voix qui montent, murmurant.

La Savoie aux abois près du fleuve farouche ;
Pierre-Châtel, rubis, sur son rocher boisé ;
La colline de Parve au long flanc ardoisé
Dont le donjon des Bancs est l'impassible bouche !

Le Colombier, sphinx bleu, guettant la Dent du Chat !
Belley qu'orne en chaton sa fine cathédrale !
L'opulent Valromey qu'un dieu jaloux cacha
Sous les profonds sapins du Séran qui dévale !

Et comme un écrin fauve, à l'horizon violet,
Le souverain chaos des neiges éternelles :
Les Alpes du Mont-Blanc au toit du Nivollet !
L'âme crie, éperdue : « oh ! des ailes ! des ailes ! »...

. . . .

Le touriste à regret se détourne ! Un soupir
Suit le muet adieu qu'on laisse au paysage...
Reprends alors, passant, reprends ton beau voyage :
Ton regard ébloui saura se souvenir.

II

Le Lac

La route ondule encore au sein d'un bois de hêtres
Où la framboise embaume. Oh ! comme à pleins poumons
On aspire cet air vivifiant des monts !
Sur ces libres sommets, les pâtres sont seuls maîtres.

On trouble en leurs ébats les rouges écureuils ;
Dans un vol brusque et sourd s'enfuient des gélinottes ;
La grive lance au loin ses deux plaintives notes,
Et les noisettes d'or ont d'amènes accueils.

Comme on est bien, ici : l'ombre douce et paisible
Invite aux longs repos dans la mousse et le thym.
Oh ! comme monte aux cieux l'aubade du matin !
Comme meurt le concert d'un orchestre invisible !

...Soudain, l'espace s'ouvre... On ne voit rien encor...
Un air plus frais arrive... On pressent... On devine...
On le voit dans un cri : « Quelle est cette ravine ?
Ce lac inattendu dans ce riant décor ? »

On s'élance, on le touche. O magie ! ô surprise !
Qu'il est bleu ! Qu'il est calme ! — ou frissonnant parfois ! —
Tout le ciel s'y réflète et l'arête des bois
L'enferme en ses gradins moutonnants sous la brise.

Il est bien abrité du souffle aigu du nord.
C'est un cercle parfait que le roseau découpe.
Quel Cellini divin cisela cette coupe
Qu'un géant, dans sa main, lèverait sans effort ?

Deux prés penchants lui font deux anses d'émeraude.
Un seul rayon l'éclaire, un seul saphir l'emplit.
Oh ! comme le baigneur se prélasse en son lit !
Et comme le pêcheur guette un brochet qui rôde !

Oh ! comme on le croirait ignoré des humains !
L'œil cherche au fond des bois des fuites de sylphides.
L'âme évoque en tremblant les demeures humides
Où la sirène en pleurs célèbre ses hymens.

De neigeux archipels de nénuphars se mêlent
Aux roseaux de la rive en un fantasque essaim.
De verts myriophyllums tapissent son bassin ;
Le pied foule un gazon de vulpins et de prêles.

Un vertige enivrant sort des flots agités
A travers le cristal d'un murano céleste ;
Sur sa barque, en chantant, un rameur fait le geste
Du marin demi-nu des lacustres cités.

....

Des touristes viendront, soumis à ton empire,
Car, voici le printemps, ô lac mystérieux !
Les autos, sur tes bords, ouvriront leurs gros yeux
Et d'indiscrets kodaks surprendront ton sourire.

Mais l'écho s'effarouche aux profanes éclats.
Ta splendeur, ô mon lac, est faite de quiétude ;
J'adore ton intime et fière solitude,
Et ton charme mourrait du clinquant des galas.

Ton flot chaste a voilé le sein de la baigneuse.
Ton onde a rafraîchi les mugissants troupeaux.
O lac ! nul n'a troublé ton candide repos ;
Dors ! Jamais la grandeur n'a fait de vie heureuse.

Qu'importe qu'on t'ignore, ô lac ! fils des monts bleus ?
Je chante ta beauté : qu'importe qu'on l'oublie !
Voici que le soleil te vêt de mille feux,
Murmure à peine et dors, tout le reste est folie.

INAUGURATION

A. M. Léon Roux.

Sur la place, au centre du bourg,
Entre l'église et la mairie,
Premiers concepts de la Patrie,
Tout le canton roule un flot sourd.

Comme aux plus beaux jours d'assemblée,
Mille pavois flottent aux vents ;
Les rameaux font des murs vivants,
Mais toute joie est exilée.

C'est un féerique et fier coup d'œil :
Des habits noirs, des aiguillettes,
Du satin, des fleurs, des toilettes,
Mais trop de cœurs sont en grand deuil.

Le clocher, — des soirs nostalgiques —
Qu'épargna l'acier des canons,
Bénit la stèle aux vingt-neuf noms
Qui s'érige, austère et tragique.

Symbole de leurs jours brisés
Dans la saison des primevères,
Le granit aux lignes sévères
Brise aussi ses pans élancés.

Et, noms dorés sur une pierre,
Noms qu'on relit, les yeux fermés,
Noms des héros bien-aimés,
Litanie auguste, ô prière !

Vous êtes l'unique linceul
De tant d'espoirs, de tant de rêves !
Et la plus immense des grèves
N'en pouvait enfermer un seul !

C'est leur chair, leur sang, c'est leur âme
Surgis du sol en marbre blanc
Comme une hostie, et l'officiant,
C'est la glèbe où naquit leur flamme.

. . . .

Dès que le cuivre cuvre le ban,
La foule émue et recueillie,
Par le souvenir assaillie,
S'incline au pied du Monument.

Des voix disent leur sacrifice.
Des larmes mouillent tous les yeux.
Des mots tombent, forts et pieux :
« France ! - Devoir ! - Honneur ! - Justice !

« Ils ont lutté ! — Ils ont souffert ! —
« Ils sont tombés pour nous défendre ! —
« Ils ont éteint de leur corps tendre
« L'ouragan de flamme et de fer ! — »

Un enfant chante leur mémoire.
Sa faible voix courbe les fronts.
Elle dit : « Nous nous souviendrons !
« Rien ne ternira votre gloire ! »

Puis l' « Hymne » ardent jaillit aux cieux,
Et la foule en Eux communie :
« France, que vive ton génie !
« France, tes fils furent des dieux ! »

Et, venus des champs de tuerie,
Leurs fantômes flottaient sur nous ;
Nous voulions tomber à genoux
Devant ces christs de la Patrie.

Ah ! rien n'est vain : Tremblez, bourreaux,
Semeurs de Haine, auteurs du Drame !
Non, rien n'est vain : je crois à l'âme,
Je crois à l'âme des Héros !

HYMEN BUGISTE

I. — Elle.

C'est entendu : je suis orfèvre ;
Mon luth frémit, docile et doux ;
Mais ce chant tremblant sur ma lèvre,
Je voudrais le dire à genoux :

C'est la bergère patricienne,
Chloé portant des sabots noirs,
Son père a de riches avoirs
Qui dorment dans un bas de laine.

Pleine de sens et de bonté,
Elle est naïve, elle est rieuse ;
Le bal prochain la rend songeuse,
Et moi je songe à sa beauté.

Elle est si pudique et si pure
Que le satyre guette en vain,
Dans l'onde encline à l'Aventure,
Les contours de son corps divin.

Des airs légers, mais elle est sage
Et n'entend que le bon motif.
On va disant qu'en son ménage
Elle a pouvoir exécutif.

Mais c'est un bruit qu'on exagère :
Rose ce jour, et rose hier,
Toujours son mari sera fier
De vanter son bon caractère.

.... En attendant, sans tralala,
Brûlés du feu de sa pensée,
Les bons magnots disent qu'elle a
De beaux yeux à la *fricassée*.

II. — Lui

Il a coiffé Saint-Nicolas !
Si c'est un tort, qu'on verse à boire !
Seul, un registre en a mémoire :
Il est plus frais qu'un frais lilas.

Il a du bien, ce fils unique,
Et des écus, Dieu sait combien !
Les filles le trouvent « très bien » ;
Chez les mamans, c'est la panique.

C'est le loup blanc de nos hameaux ;
De son sourire on est jalouse ;
On devine en voyant son dos
Que son père a porté la blouse.

Il a des champs, des prés, des bois,
Pignon sur rue et grange accorte
Et des beautés devant sa porte
Qu'on ne peut dire qu'en patois.

Sa veste a tâté du collège ;
Il est gourmand, disert, chasseur ;
Rêve l'écharpe et sa grandeur,
C'est un phénix au cœur de neige.

Il prône fort sa parenté,
Du fin Séran à la Cascade !
Mais les revers, passez muscade !
Portons un toast à sa santé.

Il est fiancé, — c'est de son âge —
Et ne pourra se repentir.
Les siens et lui, dans le village,
On commence à les bien vêtir !

III. — Accordailles

Il va la voir tous les dimanches,
Après-midi : c'est un peu loin !
Et bientôt, il aura du foin
A rentrer, mais... par avalanches !

On s'écrira, c'est entendu,
Une rose carte postale...
Les vieux sont là ; ils ont vendu
Des bœufs à la foire estivale.

Après la pluie et le beau temps,
On s'entretient des blés superbes :
« J'en aurai quelque cinq cents gerbes ! »
Dit-il en caressant ses gants.

Puis, ce sont d'éloquents silences !
Tous les on-dit sont ressassés ;
On cherche dans les ans passés ;
On dénigre les élégances !

Puis on soupe en l'intimité...
— Mon Dieu ! on trouve parfois pire ! —
Et vers le ciel qu'emplit l'été,
La fillette en dépit soupire.

Quand ils sont seuls, il lui décrit
Tous les cadeaux qu'il va lui faire,
Des bijoux à perdre l'esprit :
Ah ! comment ne saurait-il plaire ?

Ainsi le galant fait sa cour ;
Ainsi s'enfuient les longues heures,
Et, dans la nuit qui les effleure
Les doux rossignols font l'amour.

IV. — La Noce

L'amour veut l'ombre et le mystère,
Mais les voisins sont aux aguets :
Pour noter la dot, les acquêts,
« Ils » sont allés chez le notaire.

Entre les tendres regains d'août
Et le dernier sulfate aux vignes,
— Ah ! que les langues sont malignes ! —
On a résolu le « grand coup ».

O Flaubert ! ta noce normande,
Fait tort aux pauvres chroniqueurs :
Son cortège est dans tous les cœurs.
Mais pour être hilare et gourmande,

La gent bugiste aux larges reins
A mieux que le roux jus des pommes :
Le vin d'ici fait de beaux hommes
Triomphants sur tous les terrains.

Dame Vanney fit des prodiges !
Le cellérier ne lui dut rien ;
On donna « l'arte » à trois vauriens :
Poulet, vin blanc, tous fins litiges.

Et le bal, à la « grosse nuit »
Vint enfiévrer tout le village.
Chaque invité, dans son sillage,
Voulut, sueur sur un front cuit,

Entraîner la blanche épousée
Qui souriait à son mari ;
Mais lui, jaloux et fort marri,
Sentait ses pieds fondre en rosée.

V. — L'Amolli Léandre

Soudain, rumeurs, rire et tumulte :
Les deux époux ont disparu !
Le garçon d'honneur accouru
Rit jaune — et la jeunesse exulte :

« On va le mettre au poulailler,
« Dans un « buidet », sous une tonne... »
Il chante mais sa voix détonne :
Eh ! que n'a-t-il su les « veiller » !

Et tous en chœur : « Faisons la sauce !
« Faisons la sauce et trouvons-les ! »
L'ustensile a des us mêlés :
O Rabelais ! Quel sacerdoce !

On le barbouille au chocolat ;
On l'emplit d'une liqueur forte ;
Puis, on s'en va de porte en porte
En disant : « Nos époux sont là ? »

« Non ! Eh bien ! goûtez la molliandre ! »
Oh ! comme on chante ! Oh ! comme on rit !
Les vieux revoient le jour chéri...
Les autres ont un geste tendre...

Enfin, le nid est découvert :
On frappe, on prie, on parlemente :
La jeune femme se lamente
Au fond de l'Eden entr'ouvert...

Flambeaux ! Vivats ! voix solennelles !
Lui, souriant, boit un grand bol,
Mais elle, pourpre jusqu'au col
Cache son front dans les dentelles !

VI. — L'Ane

Quinze ans plus tard. La tige frêle
S'est muée en un tronc obtus.
Lui boit « son coup » mais, rien de plus.
Pas d'enfant, sujet de querelle.

...Il a fêté la Saint-Vincent
Et lutiné la tendre Irène :
Sa moitié, du manche de frêne
D'un balai, lui calma le sang.

Geste imprudent ! funeste idée !
Le village en rira toujours :
L'âne à Guillot, en grand concours
Fut fleuri comme une orchidée.

Un voisin, d'un « pailla » bossu,
L'enfourche sens devant derrière ;
Un autre, au verbe de commère,
Illustre un caraco cossu

Et, d'un balai sec et vengeur,
Il frappe le dos qui résonne ;
« Demande pardon ! — Oui, pardonne !
« Ne va point me briser le cœur ! »

De seuil en seuil, de cave en cave,
Le cortège ondule au soleil.
Quand l'âne brait, son chant vermeil
Mêle à l'épique un peu de grave.

Et quand l'ânier boit — très souvent.
Pour ajouter la note bleue,
On passe le vin sous la queue
De l'âne gris et plein de vent.

VII. — Le « Tracassin »

Dans l'or du soir, sur le village,
Soudain, s'élève un long tocsin...
Quelle reine au front d'un essaim
Veut quiter sa ruche, volage ?

Ne craignez rien, ô gens du miel :
La volage est Fanny la veuve
Qui veut se faire une âme neuve
Pour monter au septième ciel...

Voile ta face, ô Muse Euterpe !
Orphée, hélas ! voile tes yeux :
Des gonds, des faux, des cors, des serpes
Et des poêlons ferrugineux...

A tour de bras et de syncopes,
A contresens à contre temps,
A coups de langue, ô vieil Esope,
Le « tracassin » crispe les dents.

« Belle ! voici la sérénade !
Parais à ton balcon fleuri ! »
Mais le logis semble, maussade,
Narguer le noir charivari.

En vain ! Vivat ! La porte s'ouvre
La veuve apporte des « taras »
Et, comme un roi devant son Louvre,
Harangue un peu les « scélérats ».

« Magnots » ! buvez tous à la ronde !
Et laissez là le « tracassin »
Depuis longtemps, de par le monde,
Il est parti, mon jeune essaim ! »

Et tout finit par des chansons.
O Bugey, terroir de délice,
Sol pétri de fine malice,
Donne aux cœurs tes vieilles leçons !
Bannis les méchants et la haine :
L'amour, la mort, le mont, la plaine,
N'y sont que gestes d'échansons.

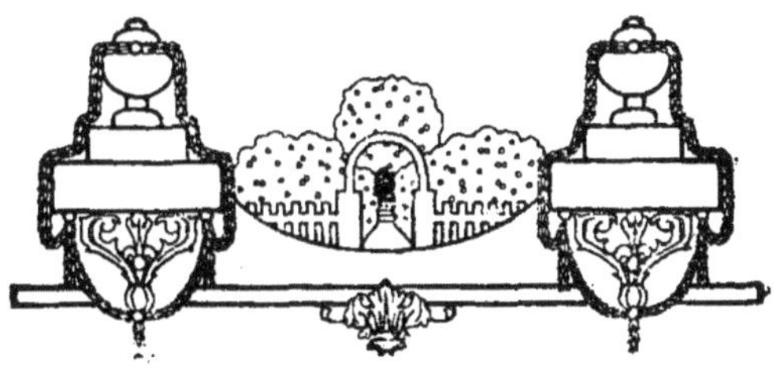

VINS DU BUGEY

À mon ami, F. Bouvard,
Chevalier de la Légion d'honneur.

En dépit d'un printemps morose
Où Zéphyr cède aux aquilons,
Sur les versants de nos vallons,
La vigne élabore la prose

Où naît un poême divin.
Sans prendre en souci l'inquiétude
Du vigneron dont toute étude
Creuse la mévente du vin,

Le montmélian et la mondeuse,
Et la roussette et le gamey
Se multiplient comme jamais,
Et plus d'un songe... à la tondeuse :

« Assez ! gémit le producteur,
« N'en jetez plus, ma cave est pleine ! »
Mais, se grisant à perdre haleine :
« Encore ! encor ! dit le buveur,

« De ce bon vin de nos collines
« Et nos coteaux du Bas-Bugey !
« Boire est toujours d'un bon sujet ;
« Les quatre mille et les dongines

« Sont des plants bénis du Seigneur.
« Soignez donc, comme vos prunelles,
« Les hautins qui font des tonnelles
« Où s'abrite tout le bonheur ! »

Et, docile à la voix sacrée,
Le vigneron — l'espoir est grand ! —
Dit à sa treille en soupirant :
« Allons, mets ta robe azurée ! »

Et la reine de nos « mollards »
Verte et splendide douairière
Régnant de Seyssel à Serrière,
Rassemble ses joyaux épars.

Ils sont nombreux, pleins de malice,
Nos crus parfumés de terroir,
Leur bonhommie et nonchaloir
Ont un goût exquis pour complice.

Le Seyssel piquant, le Virieu,
Le Mâchuraz font des victimes
Qui chantent leurs vertus intimes
Dès que s'envole leur sérieux.

Côtes de Lhuis, au flanc du Rhône,
Pluvis d'Izieu, talus d'Argis,
L'étranger, les yeux élargis,
Brigue les feux de vos couronnes.

Et j'en oublie — et des meilleurs —
Nos vins ont cette tendre flamme
Qui parle moins au front qu'à l'âme,
Et plus d'avril que de couleurs.

Ils sont loin des grands dignitaires
Qui plient sous le faix des honneurs ;
Mais ils sont les fils de nos terres,
De nos efforts et de nos cœurs.

Vins du Bugey ! Force et liesse !
Vins des grangeons et des celliers,
Vous, les injustes oubliés,
Voici vos lettres de noblesse.

Vous escaladez nos chaînons
De vos ceps aux sarments allègres.
C'est le roc. Les graviers sont maigres
Mais pleins d'âpre sève des monts.

Vous n'atteignez jamais le faîte,
Car vous savez que votre cœur
Recèle la forte liqueur
Qui donne au jour son air de fête,

Et qu'on achève sans effort,
Dès qu'on s'abreuve à vos deux veines,
L'élan vers les hauteurs sereines
Et vers la Vie et vers la Mort.

PROGRÈS

L'ELECTRICITÉ EN BUGEY

A ma mère.

Sous le halo neigeux de l'ampoule en cristal
Qui clot dans son éther les vivants caducées,
Trois générations, trois profils, trois pensées
Veillent — et ma ferveur leur dresse un piédestal —

L'enfant, dans le duvet de sa quinzième année,
Ploie un col que Phidias rêva pour son ciseau,
Et fraîche et fredonnant l'air aimé d'un scherzo,
Brode la richelieu de sa main dessinée.

La mère, trait d'union à mi-cours du voyage
Qui se penche en arrière et se penche en avant,
Raccommode un monceau de linge éblouissant
Et son aiguille-éclair brille en ce blanc nuage.

L'aïeule est près du feu, son ami le plus sûr ;
Sa main, alerte encor, de deux doigts qu'elle mouille
Lance le blond fuseau qui pend à sa quenouille
Passée au caraco couleur de sarment mûr.

D'autres aussi sont là, mais mes yeux ne voient qu'elles,
Car, mon esprit rêveur compare en tous ces doigts
La grâce de nos jours au sérieux d'autrefois,
Le confort de la laine au luxe des dentelles.

Sur le manteau de l'âtre au poli reluisant,
Bougeoirs et chandeliers près du cuivre des lampes,
Prennent les tons d'oubli qu'on remarque aux estampes
Et, désuets dès lors, vont se vert-de-grisant.

Et la bonne grand'mère inhabile au prodige
Du soleil prisonnier au choc d'un doigt distrait,
Pour creuser plus à fond le rayonnant secret
Dont sa raison subit le si récent vertige,

Ote de son vieux front les lunettes d'acier
Pour essuyer le verre embué qui se voile,
Et, lente, les remet pour contempler l'étoile
Qui luit au firmament de son hiver dernier.

Mais de nouveau son œil se trouble. Est-ce une larme
Importune qui vient ternir son doux regard ?
Peut-être que l'aïeule a sommeil : il est tard !
Son fuseau va danser un ballet plein de charme !

Non : son âme des temps a remonté le cours :
La flamme s'obscurcit, tremble, penche et rougeoie.
Et son cœur de vingt ans, dans un soupir de joie
Voit le quinquet fumeux qui dora ses amours.

RETOUR DE VACANCES

A mon Cher Directeur et Ami, J. Fabry.

Adieu, cité d'Yonne aux ombrages d'ébène,
Sens, émail frissonnant patiné des saisons !
Adieu : mon Bugey manque à tous tes horizons ;
Tes échos, de ma voix, n'ont redit que la peine.

Je quitte, ô Sénonais ! tes tertres opulents :
Cérès donna les blés et Palès les verdures ;
Tes chaumes sont les vers et tes bois les césures
D'un poème qui vibre en rythmes purs et lents.

Mais la plaine est l'iambe et le mont l'épopée
Qui jette vers les cieux ses strophes de sommets.
O mon Bugey ! Nul lieu n'effacera jamais
Ta beauté de mes yeux, en ses sapins drapée.

Je vais vers toi : bonheur ! sous l'astre qui se lève.
Le pré succède au bois et la cîme au vallon ;
Alise-Sainte-Reine au pied du Brennus blond
Qui regarde, farouche, appuyé sur son glaive ;

Dijon, fleuron des Ducs dans ses champs de cassis ;
Beaune a déjà cueilli l'ambre de ses vignobles ;
Dans les enclos, jouant, des pâtours sont assis,
Et des taureaux dressés ont des poses très nobles ;

La Bresse aux riches dons, but de maint conquérant,
Se penche vers la Saône et Mâcon son péage ;
Sur la villa d'hier, la tour du Moyen-âge ;
Et dans les vergers ras la Veyle sans courant.

Bourg et ses deux orgueils : Brou, l'Art, et les poulardes ;
La neige des blés noirs ; les chênes de Seillons ;
Le champ prolonge au loin l'angle de ses billons ;
L'Ain, ruban sombre et bleu que célèbrent les bardes.

Ambérieu, nœud gordien des chaînons d'occident :
O Vicaire, entends-tu ma prière à tes mânes ?
Tout le malheur humain se forge sous les crânes,
Mais toi, tu sus aimer, Poète au Verbe ardent !

Bugey ! Bugey ! c'est toi ! Non, rien ne te ressemble !
Je reconnais les fleurs du sol que nous foulons ;
Les hautains rochers nus qui gardent les vallons
Font monter à mes yeux une larme qui tremble.

C'est le gravier, la haie et le taillis ; les champs
Sont petits ; les jardins sont enclos d'aubépine,
De sureaux et de buis ; et la claire Albarine
Chante sur ses cailloux des allégros changeants.

O lacs des Hôpitaux ! Vignes de la Burbanche !
Sous le Mollard de Don vous vous êtes blottis !
La colchique d'automne enflamme les pâtis ;
La truite aime au Furand, rayant l'écume blanche.

Virieu ! où d'Urfé rêve aux rêves du Lignon !
Coteaux féconds ! granits près des tours féodales !
Marais formés d'îlots aux vapeurs matinales !
Bosquets, ruisseaux, ravins ! carrières de Béon !

C'est bien toi, mon Bugey ! Toi seul as ces richesses
Faites d'aspects divers, nouveaux à chaque pas.
On t'admire tout haut ; tu me parles tout bas ;
La joie et la splendeur sont partout tes hôtesses.

Ici, tous les échos s'éveillent à ma voix ;
J'aspire tes parfums plus doux que l'ambroisie
Et j'ai la volupté de savourer la vie,
Cette hâte de vivre et hantise à la fois.

A LA « *TOMME REVENUE* »

A mon ami, M. Sordet, *Bugiste impénitent.*

En fanchon blanc noué sous le menton,
Tablier clair et sabots noirs à brides,
La Bugeysienne aux doigts chargés de rides
Ebauche un mets cher à tout le canton.

Les pots ventrus se pressent sur la table,
Pleins d'un lait pur jusqu'à leur bord de grès ;
Et dans la jarre aux flancs de connétable,
La crème tombe, épaisse, en un bruit frais.

Ne prends pas tout, ménagère économe !
Laisse du beurre et songe à l'avenir :
Quand tu mettras la pâte « à revenir »
Tu lui devras la saveur qu'on renomme.

Et dans la cendre, où la braise se meurt,
Les pots couverts d'almanachs des calendes,
Sous les regards de deux chattes gourmandes,
D'une cuisson prennent la bonne humeur.

Là, c'est à point. Dans le moule qui sonne,
Mets la neige en gelée à s'égoutter.
Un bambin rose, ô femme, veut goûter ;
Le chat se frotte à ta jupe et ronronne !

Du sel, du poivre, et la « tomme » durcit,
Blanche toujours. Sur la paille de seigle,
Au gai soleil qui sait la faire espiègle,
On va la mettre à sécher sans merci.

. . . .

C'est un caillou vêtu de vert-de-gris,
Réduit au quart de sa grosseur première
Mais croustillant, ambré par la lumière,
Et, par endroits, rongé par des souris.

C'est le moment : on la prend, on la râcle,
Puis on lui donne un bain de bon vin blanc ;
Le blond maïs l'enferme étroitement,
Et dans le marc se parfait le miracle.

Dans une « seille », avec ses sœurs, un mois,
On laissera la pulpe qui l'enivre
Lui redonner l'enchantement de vivre
Pour exalter tous ses parfums des bois.

La voilà grasse à souhait. Qu'on l'apporte,
Qu'on la dévête et qu'on entame un pain,
Qu'on tire deux « taras » du meilleur vin,
Et que, pour les amis, s'ouvre la porte !

Non, rien ne vaut ta blonde et ferme chair :
Brie ou Cantal, Chester qu'on porte aux nues,
Sont loin de toi, ô « tomme revenue ! »
Régal divin d'un pays toujours cher.

TABLE DES MATIÈRES

Belley — Imprimerie Chaduc — 16.591

VT LVCEAT
OMNIBVS

www.ingramcontent.com/pod-product-compliance
Lightning Source LLC
LaVergne TN
LVHW020316230826
846091LV00003B/696

* 9 7 8 2 3 2 9 2 0 3 5 0 8 *